刘先琴　郭建光　著

夏南牛之父

XIANANNIU ZHIFU

河南人民出版社

图书在版编目（CIP）数据

夏南牛之父 / 刘先琴，郭建光著 . — 郑州 ：河南
人民出版社，2021. 12
ISBN 978 – 7 – 215 – 12868 – 2

Ⅰ. ①夏… Ⅱ. ①刘… ②郭… Ⅲ. ①报告文学 – 中
国 – 当代 Ⅳ. ①I25

中国版本图书馆 CIP 数据核字（2021）第 198436 号

河南人民出版社出版发行

（地址：郑州市郑东新区祥盛街 27 号 邮政编码：450016 电话：65788055）
新华书店经销 河南文华印务有限公司印刷
开本 710 毫米 × 1000 毫米 1 / 16 印张 12.25
字数 175 千字
2021 年 12 月第 1 版 2021 年 12 月第 1 次印刷

定价：49.00 元

　　时任中共河南省委书记、省人大常委会主任郭庚茂考察河南恒都食品有限公司

时任河南省省长谢伏瞻到泌阳县视察指导夏南牛产业

夏南牛牛肉品鉴会

祁兴磊和他的牛王

2013年，在泌阳举行中国肉牛（夏南牛）产业发展模式研讨会

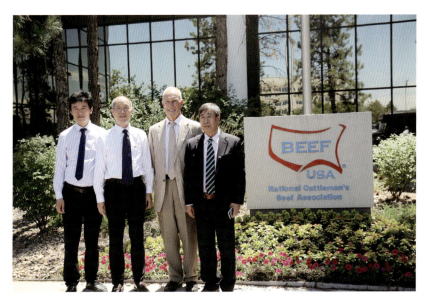

2017年7月，祁兴磊在美国考察，与美国肉类协会官员合影

2008年，泌阳县夏南牛育种项目举行庆功表彰大会

美国肉牛专家（中）、驻马店市副市长戚存杰（右2）在泌阳县夏南牛科技开发有限公司考察夏南牛生产

祁兴磊在为养牛户服务

祁兴磊和夏南牛

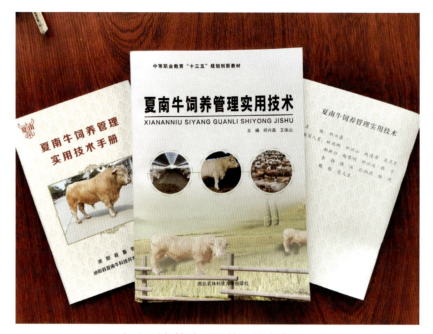

祁兴磊主持编写的养牛技术资料

祁兴磊同科研人员研究夏南牛生长情况

三牛雕塑

专业户的牛群

本书作者刘先琴（中）、郭建光（左）与祁兴磊（右）合影

夏南牛核心母牛

序

写作是一种诱惑，尤其对于报告文学。

现实生活里，总有已经发生的事件让你生发探究之心。

一位刚刚踏入社会的青年，面对这样一件事情，需要几十年的岁月方可完成，过程漫长、繁缛艰辛，结果却无法确定，他会做出怎样的选择？

踏上故事发生地，更多的诱惑就在脚下。坐落在大别山和伏牛山交会处的土地上，有一处非山非岗的地方，方圆40多公里的地势舒缓起伏，看似松软平坦的黄土之上，不时会有大块岩石裸露，岩石之上，可见明显凿雕痕迹，仔细察看，是一头头牲畜形状，牛、羊、马或四不像的动物。更令人称奇的是，平地凸出的一块约3米高岩石，整个轮廓就是一头卧地的山羊，羊背上，密密麻麻凿满了不同形状的动物蹄状环印……

这方土地叫河南省驻马店市泌阳县，那位青年叫祁兴磊，公元2007年6月29日，一份盖着中华人民共和国农业部大红印章的文件传到了他的手上，这份国家878号公告，宣布中国第一个肉牛品种"夏南牛"正式诞生，同时到达的国家畜禽遗传资源委员会新品种证书证实，世界上第73个肉牛品种从此诞生！

是的，土生土长的大专毕业生祁兴磊选择了那件不确定的事业，而他收获了世界级答案的家乡的土地，那块有着最原始的人类与牲畜共同生活记录的土地，经专家研究，伏羲时代就已产生了农业和畜牧业的结合，并以"养牺牲以供庖厨"，伏羲氏又称"庖牺氏"即从此而来。而那片布满神秘动物岩画、现今叫作泌阳县羊册镇的地名，西汉之前被明确记录为"羊栅"——一个专门从事畜牧业的地方！

于是，你的思绪会遏制不住地飞翔：人类进化的过程，也是改造万物的过程，由猎杀牲畜到饲养它们，经历了数千万年，那个叫作牛的物种，从原野走进圈栏，又多了套上绳索和人们一起劳作的过程，当现代科技发明的各种机械替代它们的役用时，它庞大的躯体成了餐桌上公认的美味，其饲养烹调甚至代表一方土地的经济发展和公民生活水准……

然而，新中国成立直至改革开放的 21 世纪初，中国没有属于自己的肉牛品种，牛排、黄油是几近奢侈的代名词。于是，祁兴磊用 21 年的青春岁月，让这片有着以亿年计畜养历史的土地上，站起了一头叫"夏南牛"的新物种。

当中国发展已经融入和推动着世界经济发展的大潮，当中国在全世界第一个宣布摆脱贫困，亿万人民享受逐步提升的幸福生活时刻，当初只是一个县级兽医站普通兽医的祁兴磊，怎样组建起自己的团队，怎样在极其简陋、令国际同行不可思议的条件下，攻克一个个世界级研究室里的难题，承担起那份堪称使命的大任？

21 载春夏秋冬，7000 多个日日夜夜，祁兴磊满头黑发尽染霜雪，手工记录的原始资料存满了 3 间档案室几十个书柜，它来自泌阳县的 2000 多个村庄，出自 13 辆自行车的车轮、30 多双帆布胶鞋的脚下，那 11 万张表格、2 亿多个数据，是他带领 3 代 49 名科研人员，行程 30 万公里的结晶……其间有多少故事应该记录，而那些专业生涩的名词，"杂交""正反回交""横向固定""自群繁育"……一个物种改良培育必须达到的国际标准过程，怎样让读者启蒙式的去阅读，对写作者来说，有多大的诱惑就有多大的挑战。

我们尽量让枯燥的研究过程与主人公生活经历成长过程相伴，同时把主人公日记、现场采访团队成员和有关专家场景再现纸页，让读者轻松走进一位畜牧专家的世界。

远古留下的记忆怎样被现代传承，一个县级畜牧站怎样拿出国际水准的科研项目，科技的进步怎样让一方土地上的人们摆脱贫困走向富裕……但愿这种诱惑产生的文字，会走进读者心里。

惊喜和幸运的是，这本书写作出版之际，中共中央总书记习近平新年伊始，就提出要"发扬为民服务孺子牛、创新发展拓荒牛、艰苦奋斗老黄牛的精神"，而在故事发生地的泌阳县入口处，交通转盘的街心公园里，已经赫然矗立起三尊金光闪耀的大牛雕塑。这方土地有幸，这本书有幸，自诞生之日起就走向了领袖指引的方向和道路。

感谢全国政协常委，河南省政协原副主席、省工商联原主席梁静，泌阳是她的家乡，繁忙的公务中，她从自己工作平台的高度，怀着对家乡的熟悉和热爱，帮助作者提升了主题的认知高度。

感谢该书的另一作者，我的合作伙伴郭建光，作为当地的党报记者，他搜集并提供了大量有关素材，他是夏南牛项目最早的宣传报道者。

需要笔者的多次采访、需要出版社编辑的加工整理，更需要主人公和他的团队配合、需要向专家学者请教……

出乎意料的是，本书的主人公祁兴磊属牛，笔者多次耽搁至当下正式出版的今年是牛年！

因书结缘，需要用心珍惜。

是为序。

刘先琴

2021 年 3 月 6 日于海南富力湾

目　录

第一章
泌阳站起『第一牛』

□中国第一牛

终于，农业部于福清博士宣布："泌阳牛符合农业部关于肉牛新品种审定标准，同意通过现场审定！"

张沅院士补充道："从今天开始，中国有了自己的肉牛品种，结束了长期依靠进口品种的历史！"

2007年5月15日，国家畜禽遗传资源委员会通过了对"泌阳牛"的审定，将其正式命名为"夏南牛"，并予公示，公示时间为一个月，其间无任何机构或个人提出异议。6月19日，农业部发布第878号文件，宣告中国第一个肉牛品种——夏南牛诞生！

经历这些"中国第一"后，祁兴磊不断拓展着自己的眼界与知识领域，一头牛的图像，在他眼前从未如此清晰。

评　审

　　小寒时节，高悬在伏牛山余脉之上的那轮太阳，温暖亮堂却少了耀眼夺目。然而，河南省驻马店市泌阳县羊册镇大街尽头，有面山坡上老远就能看到升腾起一片金色光芒，近前去，方才发现那是占据了整片山坡的一群黄牛——

　　那牛个个毛色油亮，头颅方正如斗，宽阔的前胛托起一张大床般的牛背，肥厚的肌肉就在这张大床上延伸至后腿，而那粗壮的四肢犹如四根柱子，稳稳托住同样肥硕的脖颈和后臀。令人震撼的是，这些牛体态相仿，数千头庞然大物如同沙场列阵，统一的毛色犹如黄金铠甲，反射出高天暖阳的光芒，辉煌如金色殿堂，壮美似大地油画。

泌阳县羊册镇大牲畜交易市场一角

这里是方圆百里有名的泌阳县羊册镇大牲畜交易市场。"咋也没想到，老祁教俺养的这牛犊子赢了恁多奖金。"从中国农业大学教授张沅手中接过3000元奖金，51岁的羊册镇上安村农民安庆发由于发自内心的开心，连眉眼都洋溢着笑意。

他说的老祁，是已经担任泌阳县高级畜牧师的祁兴磊，张沅是国家畜禽遗传资源委员会牛分会专家团成员。这天是2007年1月8日，张沅带领的专家团队，将要为祁兴磊团队培育的泌阳牛新品种进行现场审定。

满坡像安庆发这样的黄牛主人，不会想到他们参加的"赛牛会"，是一个在中国肉牛育种历史上具有里程碑意义的标志性事件。为了这一刻，河南省畜牧局及泌阳县畜牧局的多位决策者及普通的科技工作者都小心翼翼、如履薄冰。决战的最后时刻到了，站在张沅身边的祁兴磊，思绪从一片金光里，飞到了21年前。

那时候的他刚刚从信阳农专毕业，以全班第一的学习成绩被母校决定留校，然而他却选择了返乡。要知道那是1982年，当时还是香饽饽的大学生祁兴磊拿着就业报到证，直接回到泌阳县，被分配到县畜牧兽医工作站，做了一名技术员。

"那时真的没有生什么雄心大志，只是考虑到父母还有几个弟妹需要照顾，回家工作离亲人近一些；再就是，我们泌阳有养殖传统，一头牛一群羊就是一家人的生计，我的专业还能给家乡派上用处。"

20世纪80年代初，当时农村已实行家庭联产承包责任制，大型牲畜也被分到各家各户。祁兴磊在学校时就喜欢做畜牧外科手术，除了牲畜一般疾病，动刀动手是他的最爱。当时他就能对药物治疗不了的疾病进行手术，比如牛经常患的半胃阻塞，他将阻塞部位畅通后进行缝合，一头牛就慢慢活过来了，他为牲畜看病用药就上了一个档次。还有，他没毕业就已娴熟的牛尿道阻塞切除术、牛胃（半胃）阻塞切除术、牛骨折手术，挽救一头牲畜，让一个家庭生计有了着落。在畜牧外科手术上小有成绩的他，找到了热爱的行业，充满对未来工作的向往和希冀。

当时泌阳县畜牧兽医工作站负责全县畜牧兽医指导工作，单位公房不够住，他离家近就回家住。无论是谁家的牛有病了，每喊必应，几乎每天都给动物看病，平均一天要看 5 头以上，多的时候一天甚至看 20 多头。不管是谁，他都会尽心尽力给人家的牲畜看病，看病是免费的，开药让人家到街上买，等到把药买回来后给动物灌药，从没想过挣这个钱。这是祁兴磊最朴实最简单的愿望，他从这些最简单的事情当中体验到成功与满足，他当时并没有多大的理想抱负。

如果不是 1988 年泌阳县畜牧局成为南阳牛导入夏洛来牛培育肉用新品系项目的实施单位，在这个封闭的小县城生活的祁兴磊可能一辈子就这样平凡地度过。可是，历史选择了他成为项目主持人，风雨无阻，尽管畜牧局走马灯似的换了几任局长，县委、县政府也换了几任县委书记和县长，可每一任官员都支持祁兴磊担纲这个育种项目。他一天也没有卸下过担子、撂过挑子。

如今，21 年过去了，他深知自己的选择意义重大。

全世界共有肉牛品种 72 个，中国的牛品种只有 56 个，且都是以役用为主。

根据出土的牛颅骨化石和古代遗留的壁画等资料，可以肯定的是野牛是普通牛的始祖。在专业上，野牛又叫原牛，在新石器时代已经开始被人类驯化。原牛广泛分布于欧亚大陆，随着人类的捕杀，无数原牛倒在血泊中，数量渐渐减少，直至 1627 年，世界上最后一头原牛在波兰被捕杀。在西亚、北非和欧洲大陆均发现有原牛的遗骸。中国黄牛的祖先原牛的化石材料在我国许多地方被发现。祁兴磊脑海中还清楚记得大同博物馆陈列的原牛头骨，历经岁月浸淫，经鉴定已经有 7 万年的历史。安徽省博物馆保存的长约 1 米的骨心，就是在淮北地区更新世晚期地层中发掘到的。此外，在我国东北榆树县也发掘到原牛的化石和万年牛的野生种遗骨。我国新石器时代的龙山文化，即发现于山东省历城县龙镇的城子崖，一层层泥土裸露，一个化石的世界徐徐打开，其中就有牛的骨骼。

多数学者认为，普通牛最初的驯化地点在中亚，以后扩展到欧洲、亚洲和非洲。在欧洲、美洲所挖掘出来的古物，也证明当时人类的文化已有了很大的发展，人类已经由游猎生活转变为定居生活。为了获取乳肉制品，人们已开始种植作物和饲养各种动物。可以说，牛是人类最早被驯化的动物。

经驯化的牛最初以役用为主，到了 18 世纪以后，随着农业机械化的发展和消费需要的变化，除少数发展中国家的黄牛仍以役用为主外，普通牛经过不断的选育和杂交改良，均已向专门化方向发展。如英国育成了许多肉用牛和肉、乳兼用的品种；欧洲大陆国家则是大多数奶牛品种的主要产地。英国的兼用型短角牛传入美国后向乳用方向选育，育成了体型有所改变的乳用短角牛。而中国在育牛上也一直没有停止脚步，像中国荷斯坦牛、内蒙古三河牛、草原红牛等都是奶牛新品种。

20 世纪 80 年代以来，国内各地相继开展了肉用牛新品种培育。泌阳县围绕"泌阳肉牛"这一目标，在认真测量的基础上，选择理想型个体，组建核心牛群，通过理想型个体的自群繁育制定选种育种措施，固定理想型牛的遗传特性和性状，培育了既保留"南阳牛"的优良特性又比"南阳牛"产肉性能有较大提高，既适应中原地区的自然环境又能将其优良性状稳定遗传下去的"泌阳牛"新品种。

泌阳县是南阳黄牛的主产区，历史上一直以役用为主。随着现代农业机械的推广应用，黄牛的役用价值逐步降低，肉用价值提高。省畜牧局把泌阳县确定为南阳牛导血育种项目县，欲将南阳牛导入法国著名的大型肉牛品种——夏洛来牛血液，采用杂交、正反回交、横交固定和自群繁育开放式育种办法，培育出一个含夏洛来牛血37.5%、胸宽而深、背腰宽广、后驱发达、生长发育快、产肉率高的南阳牛肉用新品种。

泌阳县牛群一角

　　其间，需要严格按照技术规程，通过杂交、正反回交、横交固定和自群繁育3个阶段。每个阶段需要不同品种的牛交配出的后代，而现实中一头牛从出生到可以交配需要14个月以上，这14个月的等待还有百分比的失败率，真正达到要求的品种，则需要数十代牛的自然成长！同样是科学研究，育种这一项除了智慧，最考验人的就是坚持！

　　如今，来自国内的顶级畜牧专家和省、市、县领导聚集一堂，现场审定经过21年心血培育出的肉牛新品种，祁兴磊怎能不牵肠挂肚！

　　为了评审报告的规范和周全，他索性请来了当年已经退休3年的河南省畜牧局原副局长王大志。这个终生从事畜牧工作、在多个地市担任过畜牧局局长的人，是全省公认、业内尊重的育牛专业翘楚，泌阳肉牛新品种培育全过程，他都是祁兴磊靠得住的高参。

审定会前，祁兴磊特意赶个大早，灰蒙蒙天还不亮就起床搭乘第一辆班车赶到驻马店，随后乘火车一路站着赶到郑州王大志家。

"兴磊，怎么是你？这么关键的时候你跑这儿干啥？"

"王局长，我是来请您出山的，审定会上由您来做主汇报，我进行补充。您是肉牛培育的见证者和直接领导者，不知道往泌阳这个小县城跑过多少次。每次遇到困难您都及时化解，甚至在最关键的那一年，您还亲自出马组织研讨会，要不是您高屋建瓴，我们这些基层技术员再努力也不会开花结果。这是检验我们的时候，希望利用您的威望为这头牛顺利通过审定加分！"祁兴磊接过王大志递过来的茶水几乎是一饮而尽，他从早上爬起来就滴水未沾、粒米未进。

而头天晚上为了商谈会议的细节，他与泌阳县副县长王建华、畜牧局局长李廷来等人商谈到凌晨，在办公室等着领导商谈结束后打印会议文件的工作人员王伟哈欠连连，上眼皮和下眼皮直打架。王伟是20世纪90年代河南农业大学的大学毕业生，分到县畜牧局后就与统计数据结下缘分。由于她和丈夫工作忙，孩子没人管，为了不耽误工作，她便长期将孩子托给母亲照料，孩子私下不知道抹过多少眼泪。她在想，两位领导到底要商谈到什么时候呢？祁局长不是天亮就得上郑州请人吗？多年来，像这样的事情随时都会发生，科技工作者前线育种，办公人员后方统计数据、打印材料，都在为这个事业默默付出。

面对眼前这个头发稀疏花白的中年人，王大志感慨万千，20年前他第一次见到祁兴磊时，眼前的这个人多年轻多有朝气，头发乌黑，皮肤有着年轻人的光润亮泽，而眼前的他怎么看都像60多岁的老人。这个人承载着他们一代人的育牛梦想，该是接受检验的时候了，他见证了这个年轻人育种过程中的艰辛，他要亲自向国内的知名专家介绍这头浑身上下散发几代人育牛情结的新品种牛。

王大志毫不犹豫地答应了。

专家团队查阅技术过程的数据记录，他们看到的是 3 间档案室里，装满十几个书柜的手写记录；测量种牛的自然指标，羊册镇上站满山坡的黄金大牛，更是让每一位专家啧啧称赞。

最关键的时刻到来了，祁兴磊永远忘不了那个简陋的场所，在泌阳县委 2 号会议室里，第一次坐满了中国畜牧业、畜禽遗传业最权威的专家。已是满头白发的王大志，深知此次汇报的分量，终生从事专业的他将技术节点介绍得顺畅流利，表达动情，作为 20 多年研究过程的见证者，讲到培育方法和难点时，却数度哽咽。这一项目从立项到成功培育出肉牛新品种，凝聚着 49 位省、市、县科研人员三代人 20 年的心血，如果不是像祁兴磊这样的基层科研人员一直坚持下来，就不会有今天的丰硕成果。在场参与这项工作的当地科技工作人员也被带入往事，个个热泪盈眶，难以自制。专家们也聚神凝气专心聆听。答辩环节终于开始了，五味杂陈、激动不已的祁兴磊此时却完全冷静下来，作为项目主持人，他紧盯专家的每个手势，倾听他们的每句提问：

"杂交牛来自 8 个种系，经历杂交、横交固定、自群繁育三大阶段，数代选育，怎样才能保持它的血统清晰？"

"我们采取划片、定点、定人、轮换使用种公牛的方法，保证全程跟踪记录达到选育目的，全部技术资料完整连贯，既有原始记录存档文字图片，也有电脑里的实验室技术报告数据，接下来请大家观看案例。"祁兴磊当场演示片段，专家连连点头……

终于，农业部于富清博士宣布："泌阳牛符合农业部关于肉牛新品种的审定标准，同意通过现场审定！"

张沅教授补充道："从今天开始，中国有了自己的肉牛品种，结束长期依靠进口品种的历史！"

　　狂风暴雨般的掌声从这间小小的会议室传出，一直稳坐专家对面的祁兴磊情不自禁地站立起来，双手举过头顶拍起了巴掌，直到胳膊再也举不起来。猛然间，他想起了什么，快步走出现场，迅速拨通妻子的电话。电话里传来的"嘟嘟"声让祁兴磊的心骤然加速起来，快点，快点接啊。电话接通后，他声音哽咽地说了句"通过了"，泪水就如决堤的洪水喷涌而出！那是甘霖，是蜜蜂飞越千山花丛，采集万朵花蕊后的甜蜜；那是飞瀑，洗去数不清日夜的汗水和疲惫，滋润着千家万户发家致富的梦想。他做到了问心无愧，他做到了，他做到了！直到晚上陪着专家走到宾馆休息洗手时，祁兴磊才发现自己的手都拍红肿了。

起 名

"夏南牛"，世界牛种群里一个新的物种，一个响亮的名称。然而，谁也没有想到，这个名称差一点迟到了3年。

泌阳现场审定效果良好，国字号肉牛品种得到大部分与会专家的认可。准备最后的审定会时，一个电话给信心满满的祁兴磊出了难题——专家一致认为原本申报用的"泌阳牛"名称不妥。

电话里，评审委员会的专家语重心长地说："你们一定要在当天晚上12点之前把名字选定后报上来。"对方语气坚定，是上级经过深思熟虑后得出的结果。

"这是国字号品种，怎么起个地方名字？如果当天晚上报不上来，就只能等到3年后再审定。"这句话久久萦绕在祁兴磊耳畔挥之不去。

从小就对牛怀有好感的祁兴磊小时候是个放牛娃，他喜欢上牛与历史上的一场战争有关。战国齐将田单曾用火牛阵大败燕军，一举收复70多个城池，成为历史上的美谈。驯化了的牛在外形、生物学特征和生产性能等方面都发生了很大变化。这种牛性情温顺，毛色多样，乳房变大。尤其是在性情方面，由于驯化了的牛失去了原牛的野性，古代早就将其作为重要的陆地交通工具，甚至会有人骑牛代步。有人认为，尧舜以前就发明了牛车。

祁兴磊的家在泌阳县花园乡曹庄村花园村，他有两个弟弟，一个妹妹，父母负担很重。身为家中长子的祁兴磊自觉承担起家中农活的重任，家庭联产承包责任制实施后，每年农忙时他都下地割麦、打场，农闲时放牛。在他心里，没日没夜为家中犁地打场的牛是他最亲近的小伙伴，它们不再是生物学意义上的动物，而是家中的一分子，为这个家承担最繁重的劳动。在祁兴磊的印象里，牛性格温顺，俯首听命，为人躬耕，拉车戴套，庄稼秆野草足以果腹，是忠实善良的化身。

因此，他从不像其他小伙伴一样爱骑牛背，看到一同放牛的孩子用柳树枝打牛，他马上呵斥其停手。

爱牛惜牛的祁兴磊，此时更像一位父亲，为给自己的孩子取一个叫响世界的名字绞尽脑汁。

20年间的画面一幕幕出现在眼前：1988年10月5日下午，小雨淅沥，泌阳县畜牧改良站的一间小办公室内，县畜牧局副局长王彦久，还有冯建华、祁兴磊、师海强、刘汉钊等5位同志，为省畜牧局通知把改良肉牛品种项目交给自己所在单位而兴奋，并热火朝天地讨论南阳牛导血育种问题。当时讨论的结果就是根据省下达的方案结合当地实际写一个实施方案，由师海强执笔，10月10日前写出。强调工作一开始就要做好记录，每次会议、讨论均做记录存档，组织人员到项目区测量，确定的项目区羊册等12个乡镇，设3个点统领这些乡镇，其中仅羊册就辐射5个乡镇。会议还开创性地提出为缩短项目期，将羊册已经出生的夏南一代牛一头一头测量，列入此项目，还立即购买量马尺、骨盆仪、

泌阳县羊册镇唐树湾村的母牛群

卷尺等，同时确定的五人项目小组人员中就有祁兴磊。

几个参加当时会议的人员怎么也不会想到，看起来开局良好、信心满满的事业在具体实施中会遇到怎样的一

波三折，遭遇怎样的育种瓶颈，面对这些瓶颈又该如何化解。可以想象，在这几个人当中，谁也无法料到这个从天而降、前无古人的项目最终会落到祁兴磊肩上，并且这担子一担就是20多年，至今还没有卸下。

祁兴磊深知当时项目是面对我国依赖国外种牛的实际，为了打破新中国成立以来受国外牵制的局面的举措，导入夏洛来肉牛血液来改良南阳牛是一个战略设想。他义无反顾带领团队制订导血改良方案，引进夏洛来牛冷冻精液，在全县进行大面积的黄牛导血改良工作，还创造性地在羊册、黄山口、下碑寺、板桥等乡镇开展黄牛导血技术承包业务，进而使改良配种率迅速提高。

而在此之前，1985、1986、1987年，河南省就率先在全国搞起"黄改肉牛"项目，引进国外肉牛品种。泌阳县畜牧局原局长、县农办主任李廷来回忆，引进一头夏洛来公牛相当于买一台解放牌汽车，需要七八万元钱，技术员精心伺候它，可它开始不适应当地环境，越来越瘦。"每一头夏洛来牛在我们眼里都是宝贝，照顾它们夜以继日，喂养的时候小心翼翼。可是就这还是挡不住牛生病死亡。"在经历过一波三折后，祁兴磊和一线饲养员渐渐摸透了这些"洋牛"的脾气。到1989年，泌阳县"黄改牛"累计配种11000多头，出生肉杂后代近7000头，形势喜人。又经过自群繁育调整后，培育出的肉牛体型外貌一致，毛色为黄色，以浅米黄色居多；公牛头方正，额平直，母牛头部

母牛侧面照

清秀，额平稍长；公牛角呈锥状，水平向两侧延伸，母牛角细圆，致密光滑，稍向前倾；耳中等大小；颈粗壮、平直，肩峰不明显。成年牛结构匀称，躯体呈长方形，胸深肋圆，背腰平直，肉用特征明显。成年公牛体高 142.5 厘米左右，体重 900 公斤左右；母牛体高 135 厘米左右，体重 700 公斤左右。这种牛耐粗饲，抗逆性强，生长发育快，肉用性能好。

祁兴磊想起了王大志实地考察肉牛新品种后发出的感慨，全国那么多科研院所都在改良本地牛品种，那么好的环境条件都没成功，就咱培育成了，并且还是用最基本最笨的方法完成了培育目标，这真不简单，应该说是中国肉牛培育史上的一个里程碑。这对奋战在育牛一线的其他科研工作者来说是一个活生生的成功范例。

业界权威的肯定让祁兴磊充满信心，2006 年的一天，他主动找到县长谢凤鸣，汇报终于培育成"夏南理想型牛"，是一个新的肉牛品种。谢县长对此事非常重视，他说这是一件真正创造出来的东西，当时初步定为南阳牛新品系，取了个名字"泌阳牛"！

"原来泌阳驴就很出名，再出一头泌阳牛，将会对泌阳县的外部形象有一个很大的提升。找专家看看咱的牛，你讲讲你们培育的牛是怎么回事。"

祁兴磊想了想回答："咱们与专家联系不多。夏南理想牛育成经历 3 次杂交组合，4 个代次的横交选育，第一次是夏洛来牛与南阳牛杂交，产生杂交牛，培育的"夏南 F1 牛"第一代含父母基因各 50%；第二次杂交是一代杂交牛与南阳牛回交，产生含 25% 夏洛来杂交二代牛；第三次是用一代杂交牛与二代杂交牛杂交的 37.5% 理想型'夏南 F1 牛'。育出来的理想型进行了 4 个代次的横交固定，四代选育需要 12 年时间，加上之前的改良项目共用了 21 年时间。"

"你们搞了这么长时间不容易啊！把专家请来把把脉，那些博导、教授带领研究生一辈子也没培育成功。所以要邀请北京畜牧兽医研究所，西北农林科技大学等单位的专家教授来一趟，为这个牛现场把脉……针对这件事要慎之又慎。"

正如县长预料，同时上报到河南省畜牧局的报告，由于与专家很少沟通，他们认为这是开天辟地的大事，一个小小县城的一群不知名的人怎么能做成？感觉这事儿不靠谱。

省局电话反馈让祁兴磊陷入困境，这么好的牛真的就没人认可吗？如果说育种过程的艰辛好比是十月怀胎的话，那么现在已经呱呱落地的孩子却成了黑孩子，上不了户口，觉得愧对跟着自己多年的助手们，更无法向当初自己许下的诺言交代。他一头扎进县畜牧局局长李廷来的办公室。

"兴磊，你咋了？耷拉个脑袋，是不是感冒了？"

"我这是心病，都是牛闹出来的病。这是申报材料，局长您是一把手，您看一看。"祁兴磊眼圈微红，盯着李廷来的眼睛，眼睑随后无力地耷拉下来，花白稀疏的头发凌乱地附在脑袋上，表情像极了一个受了委屈的孩子。

李廷来和祁兴磊是多年的搭档，他们深知对方的为人，没有把握的事情他从来不去做，更不会胸有成竹地说育成新品种的牛。他躲避着祁兴磊求助的目光，接过递来的材料，坐在桌子前一页一页地认真看下去。上万字的申报材料有理有据，照片报表一应俱全，李廷来心里有了底，随后站起来，拍拍老伙计的肩膀，就像祁兴磊无数次地下乡拍牛的背一样，肯定地说："别丧气，有县委支持，我们现在邀请专家还来得及！"

为新品种肉牛鼓与呼的时候到了。中国畜牧协会牛业分会秘书长许尚忠来到了泌阳，看到整齐划一的牛很惊讶，说这里牛的整齐度与体型超好，规模大，标准高，尤其诧异的是培育成这么好的牛几乎没有专家教授的亲自指导。

临走前，这位慧眼识珠的专家对祁兴磊说："你这里要出中国第一牛。新中国成立以来，我国审定过西门塔尔乳肉专用牛、高山牦牛、中国荷斯坦牛，可是没有审定过肉牛品种。你们完全具备申报条件。你们要把这些牛的血统系谱弄清楚，把应该注意的事项做好，就等着专家来评审吧！"

专家前脚走，省畜牧局在得知这一消息后就及时上报到农业部。祁兴磊说，那一年他光农业部就去了6趟，这比他之前去过北京的次数都多，可是他在北京并没有心思去游山玩水，一门心思想把申报工作做得缜密扎实、无缝对接。

这么好的牛真的要为一个名字准备再藏深山数年，不被世人所知甚至搁浅项目推广吗？他连夜来到谢凤鸣县长办公室，急促的脚步伴着空气中的槐花清香，在县长的鼓励下，祁兴磊情绪渐入佳境。

"吨牛""盘古牛""天中牛""中原牛"这些名字祁兴磊脱口而出，"如果不中，就用夏南牛"。这是父本夏洛来，母本南阳牛，父母第一个字的组合，再说以前我们一直用"夏南F1""夏南F2""夏南F3"指代杂交牛为第几代。

"对，就用'夏南'，技术性和本土性都有体现。而且，河南是华夏大地，泌阳又在河南南部，也寓意该牛育成于华夏之南。"得到谢县长的肯定后，祁兴磊第一时间将这些名字传真给北京。在等待的几十分钟内，祁兴磊的心怦怦跳个不停，他坐卧难耐，一旦专家不认可这些名字，就将是继续漫长等待的3年1095天。3年对于一个科技人员来说有多么宝贵，不言而喻。原来，北京评审组的很多老专家就要到届，一旦换届，就需要较长时间的专家更替。面对这一不确定因素，申报者审时度势、顺势而为显得极为重要。就在这时候，电话响了，电话中北京方面称"吨牛"商业味太重，因为是肉牛，用"盘古"名字也不太好，盘古开天辟地，而盘古山的含义与肉牛名字相差太远。"用'夏南牛'比'泌阳牛'名气大！你们就等结果吧。"电话那头的表态让祁兴磊暂时放下心来。

2007年6月29日，国家畜禽遗传资源委员会通过了对"泌阳牛"的审定，正式将其命名为"夏南牛"，并予公示，公示时间为一个月，这期间无任何机构或个人提出异议。

同日，农业部发布第878号公告，宣告中国第一个肉牛品种——夏南牛诞生！

夏南牛新品种证书

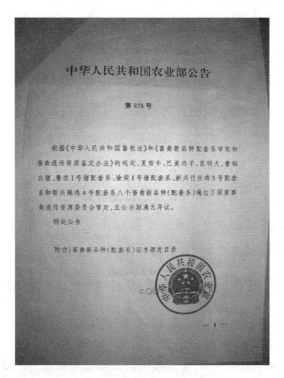

中华人民共和国农业部公告

第 878 号

根据《中华人民共和国畜牧法》和《畜禽新品种配套系审定和畜禽遗传资源鉴定办法》的规定,夏南牛、巴美肉羊、昆明犬、鲁烟白猪、鲁农 I 号猪配套系、渝荣 I 号猪配套系、新兴竹丝鸡 3 号配套系和新兴麻鸡 4 号配套系八个畜禽新品种(配套系)通过了国家畜禽遗传资源委员会审定,且公示期满无异议。

特此公告

附件:畜禽新品种(配套系)证书颁发目录

二〇〇

—— 1 ——

夏南牛新品种育成公告

11 月 8 日,河南省畜牧局和驻马店市政府在驻马店市举行夏南牛新品种新闻发布暨推广会议,向全国宣传推广夏南牛。15 家媒体、200多名新闻记者,将"夏南牛"传遍世界。

国　标

历史定格在 2012 年 12 月 31 日，中华人民共和国国家质量监督检验检疫总局、中国国家标准化管理委员会发布《夏南牛国家标准》，从2013 年 6 月 1 日起实施。国家标准由中华人民共和国农业部提出，由全国畜牧业标准化技术委员会（SAC/TC274）归口。起草单位为河南省泌阳县畜牧局、河南省畜禽改良站、河南省泌阳县质量技术监督局。国家标准主要起草人中排在第一位的就是祁兴磊。

夏南牛培育成功后给养牛的群众带来的效益无法用金钱衡量，然而培育夏南牛的功臣们并没有想着抢注知识产权，而是让这一品种无偿地向群众进行普及推广。祁兴磊想得最多的就是如何在牛身上做文章，为当地经济吸引外资，把牛产业做大做强，而大规模养殖首先需要的就是制定统一标准。

夏南牛中国第一的认定，决定了这个牛的家族必须拥有国家级标准。

牛是世界上分布最广的一类动物，无论是高山平原，还是寒漠草地抑或是热带雨林，都有不同牛种的分布。牛又是一种多用途的家畜，既可产奶、产肉，又能役使，其发现、发展、进化始终与人类相伴。

从牛的动物分类学上来说，它属于脊索动物门，脊索动物亚门；哺乳纲，单子宫亚纲；偶蹄目，反刍亚目，牛亚科。牛亚科以下又分为牛属和水牛属。牛属动物包括普通牛、瘤牛、牦牛等牛种。水牛属包括水牛，是由亚洲野水牛驯化而来。

与人类文明生活愈密切、用途愈广的动物，其标准愈难制定。

如何制定统一标准，是夏南牛进行推广和走向国内外的技术支撑，像夏南牛诞生一样，祁兴磊这样的"土"专家依旧要做中国第一的事情。国家标准没有经验可循，这道难题又摆在夏南牛培育者面前。

祁兴磊带领团队向国家畜牧业标准化委员会申请。在得到肯定答复后，首席专家由祁兴磊担纲，大量的调研统计工作就此展开。泌阳县畜牧局的一班人立即进入一级战备状态，开始加班加点地熬夜整理材料。只有夜晚归家途中的一轮明月默默地注视着他们的无私奉献，他们的付出只有家中等待他们回家的亲人心中明白。

王之保也是此次国标起草人之一，他看上去却像一个饱经风霜的老人。他甘做夏南牛培育和申请国标的幕后英雄，对每一个数据都要反复核算几十遍甚至上百遍。最艰苦的 20 世纪 80 年代，那时候还买不起计算器，更没有成熟的软件可以助他一臂之力，他就一遍又一遍地用笔验算，为后来成功申报夏南牛整理出浩如烟海的基础材料。1998 年是技术分析最多、也是最艰苦的一年，他整夜整夜睡不成觉，两只眼睛红肿，不停地流眼泪。此次申报，他再次冲锋在一线，和其他人一起成为祁兴磊的左膀右臂。

标准草案出炉后，祁兴磊亲自把关，无论文字表述，还是数字推敲，同时邀请国内肉牛界 20 多个知名专家教授对这一标准进行把关，前后共收到专家意见 100 多条。根据这些意见，逐条修改，对国标内容进行完善。在小小的县城，这些"泥腿子"的行动俨然变成国家标准化委员会的专家在制定国标。从某种意义上说，这是国家对以祁兴磊为首的育牛科技工作者的无限信任和最佳褒奖。

经过两年多的反复修订，由泌阳县畜牧局、河南省畜禽改良站和泌阳县质量技术监督局联合制定的夏南牛国家标准顺利通过评审。这是国内第一个肉牛国标，其标准达到国内领先水平。标准出台后将影响肉牛产业的发展方向和外在形象。

中国"第一牛"的诞生，这个新物种的名字，这个新物种的标准，经历这些"中国第一"后，祁兴磊不断开阔自己的眼界，拓展着知识领域。一头牛的图像，在他眼前从未如此清晰。

第二章

鞋底走出『种牛场』

虽然时至今日，羊册镇擂鼓台山坡上那些拙朴的动物岩画，那张神秘的"河图洛书"仍是未解之谜，然而这片土地上，牲畜养殖与文明奠基已经紧密地联系在一起。祁兴磊决心和他的团队一起，在这片土地上让梦想一步步走向现实。

狗不咬的人

优质畜禽培育最基础的、也是最必需的，是生长期各个指标的记录，如身高、体重、胸围、后腿围、管围、体斜长等，而牛的培育过程中，需要掌握身体各个部位的 6 个生长发育指标，这些指标每年春秋进行两次、每次 3 个月，测量 6000 头。

对于国外同样项目的研究人员，大型养牛场的饲养方式和计算机的普遍应用，使他们取得这些数据并非难事。在祁兴磊他们开始项目的1986 年的中国，在河南驻马店泌阳，那些牛遍布乡村的每家每户，而饲料成分、喂养次数、活动范围等数据都要写进科研过程中，难以想象获取过程的艰难。

祁兴磊坦言，夏南牛培育成功靠跑腿取得最基础的数据，每年春秋两季进行牛的体质测量对整个后期的杂交选育起着关键作用。为获得科学准确的统计数据，他和同事的足迹踏遍了全县 2000 多个村庄的沟沟坎坎，行程 10 万公里以上，磨坏了 30 多双黄军鞋，骑坏了 13 辆自行车。3 代科技工作者经过不懈努力，共起草和撰写各种项目实施方案、操作细则、技术要领 900 万字，填写统计表格、计算测量数据 11 万项。

"为搞好测量统计，我们白天跑，晚上在昏暗的煤油灯下搞统计分析。我们一下去就是几个月，哪个养牛农户的门朝哪儿开都记得清清楚楚。为加快测量速度，我们骑着自行车带着干粮和水。那时候牛是人们的生产工具，如果不是中午吃饭让牛休息，根本无法对牛进行测量。

"我们就蹲在地头树下等着。农闲时的测量工作好做，农忙时就只能等牛休息后的早中晚三段很短的时间。和农户说好话后，开始给牛进行测量，主要测量体高、体斜长、胸围、管围、后腿围、体重6项指标。我刚结婚时妻子送我一双皮鞋。我穿着下乡，好家伙，牛槽附近都是牛粪，根本无从下脚，好好的皮鞋沾满牛粪，浑身一股异味。随后我只好穿黄军鞋、军裤，这种鞋裤耐磨、便宜。我们骑着自行车戴着草帽，和农民没有什么区别。我就是农民的儿子，小时候就是一个不折不扣的放牛娃。如果不是改革开放全国恢复高考，我可能一辈子做农民，1979年我考上了信阳农校。后来时间长了，连村子里农户的看家狗都认识我们，摇头摆尾欢迎我们，不再大叫了。

"当时接受任务后，自己也感到迷茫，如何培育肉牛新品种，书本上没有，如何选种育种在当时也根本无从谈起。取得这些数据后就进行分析总结，后来条件好一些就用最简单的计算器对牛进行重量估算。计算一头牛的体重需要按计算器16次，统计成千上万头牛，手指头都按得又红又肿。

"南阳牛体重的估算公式是：体重（公斤）＝胸围平方（厘米）×体斜长（厘米）/10800。杂交试验后，代牛体重估算公式是：体重（公斤）＝胸围平方（厘米）×体斜长（厘米）/11420。统计分析采用单因子方差分析法和邓肯氏新复极差检验，把体重作为一项重要指标进行不同实验组、不同性别、不同年龄段的显著性检验。"

祁兴磊正在对夏南牛种牛进行体尺测量

祁兴磊天生就爱牛，牛不仅代表着坚韧劳作，还在漫长的农业社会中起着至关重要的作用。他常常想，随着农业机械的普及，任劳任怨的老黄牛真的要彻底退出历史舞台。如果这种牛不改良的话，农民不愿意饲养，那么它的种群就会慢慢减少，直至消亡。

"很小的时候，我放学后就放牛割草。20 世纪 80 年代，乡村的田野非常诱人，一排排田埂上的向日葵迎着落日慢慢成熟，成片的红薯地里潜伏着一天天可以烤熟的块茎，更诱人的是大片西瓜地，那些躺在阳光下的果实，几乎是在小伙伴的目光里成熟，直至躺在案板上被切开。

"姥爷家的那头黄牛单独放在一个房屋内喂养，舅舅、舅妈就睡在牛槽边的床上，夜晚听着老牛咀嚼草料与反刍的声音入睡。早晨，舅舅与舅妈抬着铡刀，把头一天下午薅来的草铡断。他们还把玉米等精料投放到牛槽，没事还给牛驱牛虻、冲凉。看着牛的待遇，我非常不解，有一天把牛儿戴着枷锁犁地，看着牛儿嘴角流出的唾液与身上冒出的热气，你会猛然发觉，人类对于牛的喜爱是如此深沉。而牛对于一个家庭的重要性更是毋庸置疑。"

牛老去的时候会不停流泪，一般一头役使 10 年以上的牛都会被主人在最后的岁月善待。动物与人、人与自然，都有着千丝万缕不可分割的联系。

"牛真的是农民家中的重要财产，一些农户甚至为照顾和防止牛被偷与牛同住一室，夜晚听着牛反刍的声音，在青草的香气中酣然入睡。相信那一定是一个美好的梦。"祁兴磊小时候对牛的感情伴随着学业的进步，渐渐地了解了更深的生物知识，牛的正常体温范围为37.5—39.1℃，初生牛犊的脉搏为 70—80 次/min，成年牛为 40—60 次/min，牛的正常呼吸次数为 20—28 次/min。牛一共有 32 颗牙齿，上颚没有门齿和犬齿，只有 12 颗臼齿，下颚有 6 颗铲状的门齿，2 颗基本退化的犬齿与 12 颗臼齿。任劳任怨的黄牛，在逐渐长大成为畜牧专业大学生的祁兴磊眼里，是一个浑身长满科学的物种。

"你看它吃草时先用粗壮有力的舌头将草卷入口内，经下门齿切断后稍加咀嚼就咽下，这是因为牛是反刍动物，咽下的食物要经过多次反刍后才会最终被消化。牛舌头长而灵活，可轻易将草料送入口中，舌尖上有大量坚硬的角质化乳头，这些乳头有助于收集细小的颗粒料。牛的唾液腺很发达，能分泌大量混合液体，有助于消化。"提起对牛的认知，祁兴磊不好意思地说："那时谈恋爱我不知咋开口，就拿牛对女友侃侃而谈，牛有四个胃，瘤胃、网胃、瓣胃和皱胃，提到牛我一个人说个不停。"牛的瘤胃容积较大，成年奶牛的瘤胃容积约为 200L，黄牛约为100L，约占胃总容积的 80%。瘤胃中含有大量的微生物，能分解粗纤维；网胃可以进行水分的再吸收；瓣胃是将食物进一步研磨，并将稀软部分送入皱胃；皱胃有消化腺，能分泌消化液，将食物进一步消化。

祁兴磊育牛的地方——羊册镇，更是他可以在同学中引以为傲的地方。西汉建昭五年（公元前 34 年）修建马仁坡时，这里就是一片草原。有人在此牧羊，建羊栅，筑屋定居，渐成村落，遂称"羊栅"。隋唐开始成为集镇，改栅为"册"，定名羊册。

尤其是在野外工作时，慕名寻觅那尊传说中的石羊的经历，更是让祁兴磊觉得这片土地神奇。

泌阳上古岩画位于羊册镇擂鼓台山区。这里平均海拔 312 米，擂鼓台山、安寨山和薛山三山鼎立，山体连绵舒缓，沟深林密，山上岩石裸露，怪石横生，原始古朴，地貌独特，是一个隐蔽神秘之地。从岩画和石羊敲凿的工艺看，其工艺全部是用钝器敲击而成，没有用锐器雕凿的痕迹，说明当时还没有金属工具。加之此地周围有多处古文化遗址，如豆腐店古文化遗址、石台古文化遗址、蒋庄龙山文化遗址等，这些岩画和石羊的雕凿年代，应在公元前 2500 年的新石器时代末期，即"伏羲时代"。从岩画的图案看，羊册岩画的风格与新郑具茨山岩画、方城岩画相似，应属同一类，是祭天活动的遗存。史载，伏羲时代已产生了农业和畜牧业的结合，并以"养牺牲以供庖厨"，故伏羲氏又称"庖牺氏"。这个时期，人们为了方便记忆，已学会在木材、石板、骨头上画八卦、刻符号，用以代替"结绳记事"。这些岩画和石羊，可能是古人观天察地、探讨天时之变和祭天的记录。在棠李沟公路东侧约 20 米处有一尊高 3 米左右的石羊，石羊旁边有一块长 2.5 米、宽 1.5 米的石板，一端敲凿有类似洛书的图案，另一端有类似山川河流的地形图。

当地著名文化学者赵荣霞认为，这很有可能是古人的天象图和方位图，也是敲凿在石头上的"罗盘"，用以指导农业和放牧。

而羊册镇擂鼓台山下的擂鼓台前小山村，更是一处令考古学者、爱好者怦然心动的地方，中原具茨山类型第一件动物负天书——"龙马负河图洛书"就矗立在这里。一尊形似傲首山川的石马，从头、颈到后背凿满了大小不平的凹穴，颈部有 6 枚大如银圆的连星凹穴，后背有 25 枚如铜钱大小的凹穴，构成似龟爬行的图案，考古学者称其为"龙马负河图洛书"。

泌阳县非物质文化遗产保护中心主任周豫琳是当地的知名文化学者，被誉为泌阳的"活字典"，对羊册岩画与"河图洛书"的联系颇有研究。他说，"河图洛书"是上古时期传下的神秘图案。相传，伏羲曾降伏一头黄河中自称"龙马"的吃人"丑怪"，获得刻有古怪图案的玉石一块，世称"河图"。伏羲据此作"八卦"，用来推算历法，预测吉凶；又相传，大禹在洛阳附近引洛河水疏通河道时，从干涸的河底浮出一巨龟，被大禹放生。不久龟重返洛河，献给大禹一块玉石，上刻有符号，大禹命名其为"洛书"。大禹依法治水成功，划天下为九州，制九章大法治理社会。

此前考古界曾认为，西安半坡村出土的石板上用锥刺的圆点排列的等边三角形图案是"河图洛书"的原型。相比之下，擂鼓台山"马负图"比半坡遗址出土的"石板负图"更接近传说中龙马负"河图洛书"的原型，备受考古专家、学者关注。据中国科学院地质与地球物理研究所的周昆叔推断：中原凹穴的年代应在4000年前形成，它（指擂鼓台山前村石马）背似龟，头面似龙马，虽与记载极其相似，但是不是"河图洛书"还待考证。

虽然时至今日，"河图洛书"仍是未解之谜，然而这片土地上，牲畜养殖与文明奠基已经紧密地联系在一起。祁兴磊决心和他的团队一起，在这片土地上让梦想一步步走向现实。

那一步步走得艰难却非常扎实。

项目实施到中期总结阶段的1989年，为解决经费困难，畜牧站向省畜牧局打报告，希望上级拨付科研经费，同时将工作中遇到的问题向上面反映，省局来人调研。消息传出，村民传言，这些人挨家挨户调查黄牛登记造册，是上面要求的，随后就会以牛的头数收税。提到收税，农户不干了，看到祁兴磊上门就不理不睬，甚至闭门不出，任凭浑身被汗水湿透的祁兴磊一口一个，"大妈开门呀，听我解释"，都不能打动对方。绝望、迷茫蛀虫一样时时啃噬着心灵，不知道上级安排的工作还能不能继续下去，夜晚躺在房梁上老鼠吱吱叫的房间内，他睡意全无，下乡路上野狗狂吠、村民白眼、新婚妻子哀怨的眼神都让躺在木板床上的祁兴磊辗转难眠："我的青春就这样了吗？我毕业时候的抱负就这样浪费在毫无希望的事业上了吗？"他只有把内心的煎熬化作对改良站黄牛的精心照料，天天忙碌到月上柳梢。

更大的考验来自身边。与祁兴磊一起分到泌阳县畜牧局配种站的两个年轻人，经受不了日积月累的劳顿，加上社会偏见离开了。而当时项目已经进入配种阶段，上级通知去参加冷配培训班，科班出身的祁兴磊深知这个环节技术的重要。"他们不学，我学！""冻精保管技术""血样采集"……对新技术新知识的追求，不但让祁兴磊很快抛却了烦恼，肉牛创新培育的广阔前景，让他感到人生在创造中的价值。

几乎陷于停顿的项目，在祁兴磊的坚持中有了生机。几年后，他成为项目主持人，负责全面工作后，对业务的追求更加自信。由于单位缺乏搞生物统计高等数学序列的人才，他找来专业书籍自学。需求是最大的动力。那些高不可攀的数学公式，经过精密计算，他竟然自学几个月后就找出规律，并很快弄通用到了实践中。

后来有了计算机，以前白天上班，夜晚加班熬夜写论文，统计数据就找计算机人员录入，次数多了，人家也吃不消，有畏难情绪，有的时候眼看就要下班了，手提包的拉链都拉好了，等着下班时间一到就箭一样冲出单位与朋友约会，可祁兴磊兴冲冲地拿着刚刚改过的资料过来了。久而久之，计算机人员改错时心不在焉，几次都将正确的地方不小心删掉了，急得祁兴磊如热锅上的蚂蚁。那一刻，他下定决心，求人不如求己，就学五笔字型，学一段发现记忆力不好经常忘这忘那，后来改学全拼。经过学习，最后他熟练掌握了办公软件，从那以后打个材料就不用再求人了。他调侃说："到印社一张好几块钱，我会用了，省人还省钱呢！"

担当重任

阳历九月，虽说已立秋，但三伏积累的暑气仍难以消散。项目进行第二年的 9 月 12 日上午，是个湿热难耐的天气，知了在村头的杨树上不停地鸣叫。一群牛儿拴在唐树湾一片低洼的坡地上，牛虻不停地刺破牛儿的皮肤，贪婪地吮吸着新鲜的血液，大牛不停地抖动着皮肤，试图将这些"侵略者"赶出自己的领地，牛尾巴扫过，成群的牛虻嗡嗡逃窜，更让人烦心。

省市专家到羊册查看种牛偏偏遇上这种天气。

"这种牛还不是很理想。"省畜牧局的小商嘟囔着。

听了这话，县畜禽改良站的冯站长和驻马店地区畜牧局的金科长脑门上直冒汗，不知道如何回答。别看小商只是省局畜牧科的一般干部，可他的认真劲儿不能让人小瞧。他一个村一个村坚持要多看几头杂交一代牛，让县里几个原本做好准备的接待人员顿时心里没了底儿。那时候杂交牛刚刚一岁，各方面条件不可能都达标，原想天热大概看一下，听听汇报强调一下困难就能过关，如今省里来人如果真的不满意，第二年的省扶持资金就有可能泡汤，更别说在明年的计划里还想着让省局增加投入资金。目前项目组好几个人都走了，资金也捉襟见肘，指望着上面的米下锅，这下可怎么办？县区的几个人你看看我，我看看你，都不知道该去哪个村子再看一看弥补一下。

"小祁呢？你们站里的小祁呢？临来时省局的王大志副局长还提到他呢！局长说我们的项目离不开年轻人，我亲眼看见他向王局长保证一定完成任务。"小商的提问给大家提了个醒，那天祁兴磊的确不在现场，那时候他没有在项目核心人员的名单里。虽然他的技术好、事业心强，可在单位的老人眼里，这个农专毕业的技术员做事太实在，吃住都在乡下，经常往农民家里跑，自己一顶草帽、一辆破自行车，和农民没有两样，别说县局，站里的管理工作也排不上位。如今上面的人要看乡下的牛，小祁至少情况熟。小商那时也绝对不会想到，这一声"小祁"呼唤出一个干大事的人。

在碰头会上，小商代表省局意味深长地说出自己的担忧：原来只看了两头杂种牛，心里很不踏实。昨天看了几十头，更坚定了信心。他建议下面要把普查搞好，资料要做系统。每头牛从出生到 3 岁，每

祁兴磊同群众座谈夏南牛发展

半年测量一次，每年固定测 100 头左右，要为每头杂种牛建立卡片，注明畜主、体尺、体重，注明此牛的下落，和南阳黄牛做一个对比试验，还要搞一个短期育肥试验，包括饲料成分和饲料价格。他提到关键的一点就是要做好超前工作，做好杂种公牛的选购，长大后鉴定一下，不能做种的再出售。

在祁兴磊数十年的人生旅途中，逐步由一个懵懂无知的放牛娃成长为在实践中增长才干，以奉献求新为己任，在每一个阶段都矢志不渝，秉承脚踏实地、勇于开拓的奉献精神，对工作具有炽热感情的有志青年。他忘我地向所钟爱的事业倾注着光和热，他的精神和追求犹如时代弯弓的响箭，总是天生地朝着事业的靶心脱弦而出。

机会总是留给有准备的人。

若干年后，回忆起这一幕时，很多参与育种项目的老人都很感慨，专家就是专家，这些看似很小的建议碎片为后来集腋成裘，为水滴汇聚成大海奠定了坚实基础，也成为一帮人干事创业的基石。

让我们记住当时从许昌畜牧改良站购进的夏洛来冻精的牛号：XL4430、XL4631、XL1747、XL0931、XL1010、XI4、XL147。据档案显示，当时泌阳群众经过长期选育，形成两个南阳牛群体，即以西部乡镇为主的高脚型牛和以东部乡镇为主的矮脚型牛。1978 年，泌阳县作为河南省大牲畜人工授精示范试点，就在当地率先推广应用了牛冻精配种技术，建立了 22 个乡级家畜改良站。1987 年前相继引进西门塔尔花牛、短角牛、利木赞和夏洛来牛冻精液颗粒，对当地南阳黄牛进行杂交改良。1988 年立项后，就不再进行其他牛的杂交工作，只保留夏洛来牛与当地牛进行杂交，年导血量 2 万头。在这么大的开放式育种的环境下，如果按照预期的目标，应该事半功倍，可是接下来的事情让所有的省市县畜牧工作者都大跌眼镜。

原来预计当年就会有结果，然而那一年才进入第一步，效果不太理想。建好档案的牛被农户卖掉杀掉，这里面的心血功亏一篑，挫败感如潮水般涌来，一个又一个失眠的夜晚让祁兴磊头顶的黑发渐渐脱落，不多的几根头发勉强趴在他发亮的脑门上，随时都会离他而去。白发三千丈，缘愁似个长。这一头乌发因为心中渐生的育牛梦而渐如寒霜。

有一天，祁兴磊怒气冲冲走进改良站站长办公室，告诉冯站长自己半年来下去摸排后的担忧，针对杂交牛犊非常不理想的现状，一个最大的可能就是花钱买进来的冻精不合格。这番话也让苦苦思索不得其解的冯站长心中一动，他克制着自己说："没有断定的事先不要乱说。我们向省局汇报后再说吧。"

当地百姓说，"龙生龙凤生凤，老鼠生儿会打洞"，说的就是品种的问题。如果是引进许昌的冻精质量出了问题，这不亚于在当地百姓中扔下一颗炸弹。老百姓对畜牧工作者默默付出和无私支持，而这些孬种子又怎么对得起他们！

这就有了1990年7月12日师海强在省畜牧局畜牧处汇报导血项目进展情况的一个反馈。畜牧处的王处长一针见血地指出："泌阳县原来用的夏洛来牛冻精颗粒是许昌改良站的等外牛的精液，后代不会好。"这就意味着项目开始前配的杂交牛无法继续使用。

王处长紧锁眉头，他让泌阳县派项目组的同志到郑州、许昌、南阳种公牛站看一下，选好的种公牛，不能光看外貌，要从系谱上选好的。当时县里的项目负责人是师海强，省局建议除县里外，各站点都要有一个具体负责人，不一定是站长。这就为科班出身的祁兴磊提供了一个人生出彩的机会。项目开始前的杂一代牛都将被淘汰，项目开始后生下的母牛用卡片做个记号，便于跟踪调查，杂一代公牛从出生就开始选留，选中的公牛可给农户付一点钱，让其保留至半岁，半年时再选一次，再付一点钱，让其保留至一岁，一岁时再选留，需保留至一岁半的再付点钱，至18月龄时，每头夏洛来公牛留下2头后代公牛参加回交。

小商对师海强说，你们明年要尽量早点开始，回去后首先要抓住人，具体做工作的要安定下来，下面也要落实到人，不一定是领导，但要找事业心强的人，找对人。

20多年后，再来看这番话，"事业要找对人"，这质朴的话语内涵丰富，也是在具体工作中总结出来的用人之道。机会总是留给那些有准备的人，这个人不是别人，就是接下来主持项目，并且一干就是20多年的祁兴磊。

放弃升迁

1989年秋天，最初的育牛实践结出了第一个果子，由祁兴磊作为国内第三完成人的《河南省中原肉牛良种推广技术》项目，获国家农业部"丰收计划"一等奖。育种团队大受鼓舞，全县传开后祁兴磊也有了名气，当时正是干部青黄不接的时候，县里也看出这个年轻人踏实肯干，打算安排祁兴磊到乡镇担任副书记。升迁从政，这是多少基层干部梦寐以求的好事，机遇就在面前，也是肉牛项目实施最艰苦的一年。

1991年，与泌阳一同上马的另外3个项目，相继传来进展不利和失败的消息，导致省局对泌阳开展的同样项目也不抱希望，不再进行资金扶持。一时间，泌阳县这班心中还燃烧着炽热火焰的开拓者跌入冰窟。加上当时牛价上扬，牛肉走俏，农户为了多卖钱，相继把科技工作者花费大量心血培育出来的一、二代牛犊杀掉或者外运他乡。连一向为项目打气的省局王大志副局长，也让人给祁兴磊捎话："你们可以就此选择不干，也可以选择继续试验。"

与大牛在一起的时光

一时间，泌阳县畜牧局上空乌云密布，像压在每个人心头的一块千斤巨石，大家见到祁兴磊不敢正视，也不知道如何开口。

那些天，祁兴磊经常一个人站在羊册改良

站的院子里，盯着细嚼慢咽吃草的大牛发呆，他感觉自己还从来没有这么纠结过，别人认为更好的机会向他招手，可他脑海中挥之不去的是过去三年的时光。

忘不了羊册改良站内，那一排土墙院落，每天日落时分，大家相继骑车从村里回来，围到院子里一个土灶旁边，那是全体团队成员的食堂。省局每年拨付的 5000 元经费，连买必需的测量工具都紧张。为了节约开支，大家轮流做饭，祁兴磊也是其中一员。尽管在农村长大，放牛、打草、捡柴都干过，但是有善良勤劳的奶奶和妈妈，一日三餐只管坐饭桌上即可。如今已经成为大小伙的祁兴磊，第一次操起了锅碗瓢勺。有天正好风大，简陋的土灶好不容易点着，一阵风烟筒倒烟，熏得他眼泪都流出来了，真的是顾了锅上顾不上锅下，大家伙回来端起烧糊却夹生的米饭，却乐呵呵地说好香。干啥都不服输的祁兴磊，没多久就掌握了土灶的"脾气"，变着法给大家烙饼、蒸包子，还抽空在院子里开出一片菜地，头伏萝卜二伏菜的种下来，有大量牛粪做肥料，那片菜地油绿肥嫩，为物资匮乏的乡下日子增加了亮色。

下乡测量时，无论走到哪一户人家，对方都会问吃过没有。为了节约时间，祁兴磊就随口搪塞说自己已经吃过了。人家不信，就说："这个时间哪可能吃过了，再吃点儿。"

张家的稀饭、李家的蒸馍，让祁兴磊顿时感到一种温暖。

群众心里面还是信任指望我们这些泥腿子科研人员，信心又回到祁兴磊身上。他找到当时的局领导表示："这个项目 3 年了，已经有了眉目，相信终究会结出好果，我哪儿也不去，就在站里坚守。"就是那一年，祁兴磊成为这一项目的正式主持人。

两年后，县里成立畜牧局，与原来的农业畜牧局分开，组织上再一次找他谈话，让他到乡里任职，可是祁兴磊已经离不开他的育种事业了，他诚恳地向领导陈述了自己多年的想法和要求，希望自己继续在育种事业上满怀豪情地干下去。组织上安排他担任了县畜牧局副局长，主管业务技术工作，从此以后，他更加如鱼得水，在育牛事业上大步前行。

2002 年，机遇再次与祁兴磊不期而遇，领导给了他最后一次下乡担任主要领导职务的机会，亲戚朋友得知后纷纷相劝，那一次他的确心动了，可当时正是"泌阳牛"育种项目的最后攻坚阶段，也是项目组同志们热情最高涨、最充满信心的时候。他权衡再三，认为自己不是从政的料，最终在别人的惋惜声中放弃了这次机会。正是怀抱着对科学的无限热爱和赤诚，他在每一次人生选择的关键时刻都能够清楚地认识到自己的人生价值所在、自己为之奋斗的目标所在，并且为了这个既定目标心无旁骛、快马加鞭策力前行。

已经满头白发的王大志此时已经看到这位年轻人不可多得的坚韧，一再叮嘱："兴磊，肉牛培育可能要经历很多坎坷，需要很长时间，也可能白费青春，最后一无所成，你有没有信心？"祁兴磊坚定地保证："有，我会坚持把这件事做到底！"这句承诺成为祁兴磊的强心剂和原动力。这一生，他从不轻易允诺，更不会因为暂时的挫折而放弃自己一直以来矢志不渝追求的理想。

"别人不行，不代表咱不行。"他在给项目组的同志打气时这样说。

第三章

犟牛奋蹄不回头

□祁兴磊在许昌夏昌种牛育种公司进行技术指导

对科学的痴迷是最好的坚持和指引，足以让一个放牛娃摆脱世俗，挑战难关，一直走在曲折却通向光明的道路上。

现场教学

"取解冻液 1ML 注入灭菌小瓶中，放入 40℃左右的水中预热，等到解冻液与水等温时投入冻精颗粒。你们看，一定要快取，用 8 寸长的镊子，先在液氮中浸一下，以免颗粒黏附在镊子上，要点就是快取，以敏捷的速度快速镊取颗粒；快投，就是把保存冻精的液氮罐与解冻液放在一起，镊取颗粒后迅速投入解冻液；其次是快融，待颗粒投入小瓶后，快速轻摇，使其加快融化，温度迅速升高，使精子立即通过 -60℃ 至 -0.6℃ 的危险温度区。解冻后立即镜检活力，若不低于 0.3℃ 则迅速输精，不要在外界停留。"

如果不在现场，谁也不会想象，这番话是在一个叫唐树湾村子的一片空地上讲出的。陪伴讲师祁兴磊的是一头欢实的母牛，从各乡冷配点赶来的听讲者，围在他们四周。

1993 年春天，泌水之阳的地理位置，让这里早早红了桃花，绿了柳梢，暖风带着季节特有的气息让人心旷神怡，祁兴磊却心急如焚。

项目第一阶段进入关键的配种期，人工进行冷冻精液受精是最安全快捷的方法，目前正是黄牛交配的最好季节，却发现由于技术人员操作不熟练，影响了受精率。他把羊册、郭集、官庄等 11 个乡镇的工作人员集中，在县里办了一期冷配培训班，讲解牛的冷配及母牛不孕症的诊疗。刚一开口，讲到"公牛的生殖器官由睾丸、附睾、输精管、阴茎及附属腺体组成"时，台下便一阵大笑，他毅然决定，到现场实地操作教学。

"母牛发情后 10—15 个小时排卵，卵子保持受精能力的时间有限，最长不超过 20 小时，还包括精子进入母畜生殖道的受精部位的几小时，因此一定要掌握时机。同时注意卫生，首先对母畜生殖部位进行冲洗、消毒，由助手将牛尾掀起。"

祁兴磊开始演示，他戴上手套，双手涂满润滑剂，开始掏出母牛宿粪，学员们自动围拢过来。大概牛儿第一次见到这么多生人，突然前蹄扬起，开始刨地，只听祁兴磊"哎呀"一声，大家伙也紧张地连连后退。

"没事没事。"祁兴磊瞬间便镇静下来，用胳膊轻抚牛头，还不断轻声"呃呃"呼唤着，母牛很快安静下来。"过来过来，关键时候看清楚啊。"祁兴磊一只手压住母牛会阴部，另一只手拿着输精管插入说："注意倾斜，避开尿道口，而后转为平插，直至子宫颈口，两只手配合，将输精管插入子宫颈内 5 到 8 厘米处，经过 2 到 3 道皱襞，即刻注入精液。"

现场培训

顾不上擦去满头的大汗，祁兴磊接着比画："你们看，这些都是错误操作，手抓得太靠前，未固定子宫颈，无法把输精管插入子宫颈深部，还有全掌抓，极易使母牛直肠黏膜受伤。"

"原来问题在这里，过去咱的手法还是有差别。"不少学员恍然大悟。

周围看热闹的村民却一个个目瞪口呆："这家伙怪破本哩，恁脏他都不嫌，这不是人干的活！"

"过去都是老头子们闲着没事才干这把式，一个白白净净的大小伙子，咋能跟着臭烘烘的牛屁股转。"几个小媳妇撇起了嘴。

"大家先琢磨一下，一会再牵几头牛，三人一组练习。"祁兴磊安排好，便一人走了出来。不是在意那些议论，早在牧专读书的课堂上，他已经有过同样的经历，那是一个畜牧师科学道路上的第一课。

心灵的阵痛早已成为记忆，现在他要看看脚上钻心的疼痛是怎么回事。脱下解放胶鞋，他自己也被吓住了，只见血迹已经渗透厚厚的线袜，大拇脚指的指甲盖脱落，脚背血肉模糊。刚才一门心思讲课，他也知道是被牛蹄踩踏住了，但是他担心学员们受到影响，特别是那几个刚刚到（牛人工）授精站工作的年轻人。想到这里，他不动声色地穿好鞋子，又回到人群中。

傍晚赶到医院的祁兴磊，才知道他那只脚骨骼裂纹，大拇指处需要缝合，他这时才感觉到整条腿已经麻木了。

这年全县南阳牛导入夏洛来牛受精率提高了十几个百分点，一群群新生的健康牛犊证明着学员的技术成长，这批学员后来成为分散在不同乡镇的泌阳县肉牛培育合格冷配员。

遭遇滑铁卢

与伏牛山下的泌阳相比，郑州冬天从黄河边吹来的北风，刀子一样凛冽，站在省畜牧局门口的祁兴磊，却心怀满满的热望。每年这个时候，他都要拿着一年的总结到这里汇报工作，为来年争取项目资金。何况经过 5 年的工作，今年的各项指标都非常理想。

"兴磊，你还不知道吧，和你们一起立项并同时开展的同样项目，另外 3 家都夭折了，项目负责人都换掉了，要么升迁调动了，局里正在讨论，准备将这 4 个项目的资金支持同时停掉。"来到省畜牧改良站站长黄克炎办公室里，祁兴磊像往年一样坐下享受着屋内的暖气，搓着双手准备掏出精心准备的报告，黄站长的一番话让他仿佛又回到寒风刺骨的大街上。

是的，祁兴磊是有思想准备的，在"南阳牛导入夏洛来牛杂交育种"项目可行性论证报告上，清楚地记载着该项目的研究目的就是通过导入夏洛来肉牛血液，改变南阳牛前胸较窄、背腰欠宽广、臀部发育较差、产肉量低的缺陷，同时保留南阳牛遗传性能稳定、耐粗饲、易管理、肉质鲜嫩、口感好的优点。然而当时国外的畜牧业发达国家，经过几十年的科研攻关和选种选育，已经形成了自己的肉牛品种，包括夏洛来、皮埃蒙特、利木赞、西德黄牛大型肉牛品种，还有西门塔尔等肉乳兼用品种。我国的几大牛种与国外肉牛品种相比无论是生产性能还是经济效益都相差甚远，就好比拳手比赛，根本不在一个级别。夏洛来成年公牛体重可达 1100—1200 公斤，母牛也有 700—800 公斤；南阳牛成年公牛体重才 700 公斤，母牛则更低只有 460 公斤。一头夏洛来肉牛就要几万元人民币，种公牛需要几十万元钱，而一头特优南阳种公牛不过万元。单纯以役用为主的南阳牛和国内其他黄牛品种一样都在向肉役兼用或肉用方向选育，但也没有育成一个真正的肉牛品种。

此时牛肉价格却开始下滑，农民不愿意养牛。同时受到西方疯牛病的影响，波及国内市场牛肉销售量，牛肉、牛皮价格下降，养牛业遭遇前所未有的考验。全省肉杂牛只占牛存栏的 11.5%，西方发达国家存栏牛头均产肉 88 千克，荷兰为 130 千克，意大利为 151 千克，河南省仅为 56 千克，与国内相比也低于山东。更为严重的是，当时制种、供种生产混乱，乱建种公牛站现象严重，一些县级改良站甚至个体户也生产不冻精，这是品种改良、种畜及供种问题最多的时期。一些基层改良站名存实亡，冷配站点一年比一年少，配种头数大幅度下降，育牛事业步履维艰，困难重重，项目被取消也无可厚非。

难道那件事情省局也知道了？他想起前段时间到乡下，几个点上的养殖户说杂一代牛长得不好。羊册改良站的老技术员高文山也反映："你看看该咋办？有的牛长得高高大大，有的牛还不如原来的黄牛，不少户主找到我说，不想再给牛配种了。"有一户把祁兴磊领到牛圈，让他看西门塔尔与南阳牛交配出来的牛犊，头顶一片白毛："你看像不像头上顶着一块孝布？太不吉利了！"家里有老人的更加觉得养了一头丧门星，嚷嚷着要把牛给宰了。

可是祁兴磊当时就把其他点上的杂交牛照片给他们看，说还有办法，明年春上再进行一次杂交，就会培养出毛色、体高、体重、长相都很好的品种。不少人到现场看了，大家也信得过他，把牛犊都继续好好养着。

可他万万没有想到会把自己手上的项目停下来。辛辛苦苦干到目前这个状况，怎能说停就停，回去怎么向项目组的人交代？脑子还没有转弯，耳边又传来黄站长接下来的一番话：

"省局领导看了看，当初制订的育种方案也不太科学，能不能往下走我们也没底。说实话，当初的方案也是根据课本上的内容临时拿过来的方案，没有育种的成功经验。"

手足无措的祁兴磊下意识抱起了背包，里面厚实的一沓工作总结和实验报告让他清醒下来：

"黄站长，我们泌阳情况不一样，我们项目实施进展顺利，各阶段科研结果均达到预期目的，在羊册、郭集、官庄等 11 个乡镇建立南阳牛导血育种项目区。第一阶段的杂交创新已于 1993 年结束，第二阶段回交阶段于 1994 年展开大面积回交，我们已经制订了 1998 年结束的计划报告。"

看到黄克炎吃惊的表情，祁兴磊话语更加坚定："黄站长，实践证明我们已经完成了第一步，按照方案目前已经进入第二步。我们这个育种团队精神头儿很高，都把这项工作当成毕生的志向来做。我向您做个保证，一定在有生之年把肉牛培育出来。我们那儿群众基础好，很多农户都愿意支持这个项目，那里的黄牛特别多，也特别适宜做这项工作，培育出的杂交一代牛个大膘肥，长得快，群众称之为'吨牛'。再说这

杂交"吨牛"初长成

个项目已经进行好几年了，含外血 25％ 的牛犊陆续出生，一大群牛犊不能就这样搁着，不继续进行对群众也不负责。再说我大学学的就是畜牧兽医专业，我热爱这个工作。我不能半

途而废……"

祁兴磊自己也不知道，一向不善表达的他，那时怎么像发连珠炮似的，恨不得把所有的事实都陈列出来。黄站长被感染了，犹豫了几分钟后发话："咱们去畜牧处，见见李维铎处长吧。"

"兴磊，别着急。"看到两人一起走进来，李维铎就明白了，"你也知道了，其他 3 个都不中了，你们的还没有停止研究，可是说实话，目前的形势对局里的舆论非常不利。"

"李处长，我们是多年的朋友了。您听我说说我们开展的情况，那真叫不错。我已经初步将杂交牛从出生到 18 月龄的体质体重与南阳黄牛进行对比，发现无论是出生的重量还是其他指标，都比南阳黄牛重得多，可以说差异性十分显著。我们不能在这个时候半途而废，再说我回去怎么对我的团队交代？"过于急迫的心情让祁兴磊没有一点往常的客套，反倒让李处长感觉到面前这个年轻人很不简单，对育种事业的热爱溢于言表，如果不能够有确凿的证据证明这个项目确实无法做下去的话，仅仅用行政命令去阻止这件事很可能就伤害到这个朝气勃发的年轻人，这也不是科技管理工作者应有的态度。

"我和大志局长是最早提出导血项目的，可以说是这个项目的主要设计人。听你这样说，我很高兴你有决心做下去，这是国家需要做的事，遇到困难也在所难免。我们也没有做过这件事，心里也没有多少把握，当初制订的育种方案也很粗糙。我记得 4 个项目只有 2 页纸，对培育项目没有具体计划，对技术路线的设置也是按照书本上拿来的。这本是摸着石头过河的事情，干着调整着，你看你还有什么具体困难和想法？"

祁兴磊就诚恳地将工作中遇到的困难和下一步的想法对李处长和盘托出，不过他讲得最多的是他们的决心，极力打消这位掌握着育种项目资金关键人物的心头顾虑，希望在育种的道路上走得更远。

李处长带着祁兴磊直奔王大志办公室。

从位于省畜牧局三楼的畜牧处办公室下到位于二楼的王大志局长办公室，这是决定命运的时刻，短短的十几层台阶让祁兴磊仿佛跨过数年，他的思绪飞回到泌阳县，飞回到羊册镇家畜改良站。

那是一个隆冬的下午，祁兴磊为大牛放点料后就回到了几个人居住的小瓦房内。大家伙你一言我一语地诅咒着这个坏天气，乌鸦由于找不到食物在空中盘旋不停地叫着，而麻雀早就飞回屋檐下的暖和小窝，叽叽喳喳仿佛为生计发愁。厚厚的积雪将整个田野和村庄包裹得严严实实，任凭雪花飘飘洒洒地从万米高空降落。

"兴磊，我们的米早就见底了，我们的面也不多了。"高文山看着发呆的祁兴磊说。

他此刻站在屋檐下盯着一两尺长的冰挂出神。他知道和大牛一起的还有几头母牛，其中一头名叫"花园"的母牛预产期就在这几天，他在想，和这头含外血25%的大牛交配后，"花园"产下的牛犊子会是什么样子。

"你是说没有吃的了？"祁兴磊轻轻叹口气，不过很快就装作若无其事地说，"没事，我回去就和局长说说，看看能不能先借点畜牧改良站防疫疫苗的钱，项目不能停。"

高文山知道眼前这个年轻人身上的担子很重，原本不想将这些小事告诉他，可是巧妇难为无米之炊，光靠他从30里外的家里带馒头，自己家还有几口子要吃饭，也不是个事儿。没有青菜就啃白菜帮子，吃冻坏的萝卜，没有资金他们能省就省，宁愿自己少吃一点也要保证冻精的适时供应。大家知道，兴磊不会空手从省里回来。

不知不觉间，几个人来到了王大志局长办公室。敲了敲门后，从屋里传来大志局长浑厚的声音："请进。"

机遇与挑战

听到熟悉的声音从屋内传来，祁兴磊那一刻才感觉一股热流从脸上滑过。项目开始最困难的时刻，是屋内这个声音用激将法也是试探法，问他是否放弃，那时他毫不犹豫地向这位德高望重的局长保证，坚持到成功那一天！此时这个人一定支持他，可是他更明白，如果现在出现意外，仅仅凭借自己的力量，根本就不能够说服当地的主管部门领导，他必须最后一搏。

门开了，看到慈眉善目的大志局长，祁兴磊才完全平静下来。他掏出背包里的材料，挑拣最重要的，尽量简洁明白地开始汇报，当然，话语里有着明确的指向——"我们已经有了路子，我们能够干下去"。

"最后决定这个项目，要靠数字说话。你回去总结一下，不是一年，是项目开展以来的情况，尤其是数据分析一下，让事实说话，拿到桌面上任谁都心服口服。"

"这样我心里就有数了，我们最拿得出来的，就是这几年积累的数据。"祁兴磊悬着的心落了地，他接过大志局长递过来的茶水一饮而尽。

"你们回去好好梳理一下资料，算算账，看看效果怎么样。当下有什么自己不能克服的困难，资金吧？我已经想到了，我们这里想想办法。"大志局长当下就和李处长、黄站长讨论起来。

坐在返程的绿皮火车上，祁兴磊的耳旁还思索着王大志局长送他出门的话："兴磊，你年纪轻轻要想好，别人当官做生意，你却在这埋头苦干或许最终也没有结果的事业，前功尽弃和成功都有可能，你要好好掂量。"

局长了解祁兴磊的心情，这样说是一位长者的温情，他不知道祁兴磊的决心有多大，祁兴磊的人生目标已经不可改变了，当初与祁兴磊一块回到地方的大学生副乡长、副书记都不少，他们都是副科级以上干部，还有下海经商的，都已经挣几万元钱了，祁兴磊那时的月工资还不到200元钱。可是讲实话，祁兴磊只有和那些牛在一起，从事与牛有关的事情，才有一种发自内心的愉快。

　　这样想着，不知不觉驻马店车站到了，走出车站，发现落雪已经厚实地铺满大地，火车站广场上的积雪被行人踩出一条小道，共和街两旁的大树上积雪扑扑簌簌向下落，不时砸在祁兴磊的肩膀上。

　　这里距离泌阳还有100多公里，雪大天晚，看来回不去了，路边一家家宾馆的霓虹灯争相闪烁，向他发出温暖的光芒。一想到育种站的窘况，他来到距离火车站不远的一家医院的候诊处，在长椅上放下背包，裹着大衣熬过一夜。第二天，天刚蒙蒙亮，他便搭车回到泌阳。

　　回到泌阳，祁兴磊没顾上回家就直奔县畜牧局，将省里的要求向主管副局长王彦久进行汇报。在得知全省其他同时启动的项目相继夭折后，王局长也是感慨许久。他一直看好祁兴磊，认为这个人靠得住，责任心强，是个干事创业的人。可其他地方条件比这里好很多却半途而废，着实有当时的客观原因在里面，育牛不同于其他，三年两年见不到效益，看不到效果，如果心急的话就不看好这个项目。在长达10多年的育种期间，如果主持人一再更换，或者组织上有重任，那么这个项目就会出现空当，接手的人对原来的业务不熟悉，对当初的目标不明确，加上没名没利，一些项目就这样无疾而终，成为市场大潮中的牺牲品。可是在泌阳县，先期的杂交牛基础大，核心母牛群数量多，为项目的推行打下了很好的基础。不能中途停止，这也是一方政府对老百姓负责。他突然想起：

"兴磊，告诉你一个好消息，省委、省政府有关文件，根据中央精神，提出'八五'到'九五'末，全省畜牧业产值要占农业总产值40%的目标，咱们的大方向有了！我也是刚刚从县长那里听到的，具体文件很快就会传下来的。"

机遇与挑战并存，祁兴磊信心十足地把大家召集到一起，分解任务，将项目开展以来杂交一代牛的各项指标与南阳牛进行对比分析，尽快把省局要求提交的报告写好。每个结论都要有原始记录为证，不能只讲结果。最终，1994年春天，祁兴磊将论证报告上交到省畜牧局，放在王大志办公室的桌子上。

"很好，很好。不错，不错。这些数据都是真的吗？有没有作假的成分？"大志局长对面前这个年轻人毫不客气，首先给他来了个下马威。

"局长你看，每个阶段都有原始资料支撑。"祁兴磊一页页翻给局长看。

有着多年牲畜养殖经验的王大志，当然有着一双专业的眼睛，详实周到的数据和论据，让他看到了其中的科学价值。他果断地说："你把这个内容向《黄牛》杂志投一下，看看能不能发表。"

"可以吗？我们是个县级小站，不知道能不能用。"祁兴磊深知这份杂志的分量，但是他更了解局长的秉性和眼光。

王大志随后把育种中应该注意的事项、育种的技术要点，还有如何修改投稿的文章，与祁兴磊谈了许久。两个志趣相投的忘年交，在肉牛培育的道路上心贴得更近了。

不久，泌阳的项目在省局得到保留，祁兴磊的论文《南阳牛导血良改效果初报》在《黄牛》杂志发表，并得到中国养牛界权威邱怀教授的好评，获得了驻马店地区科技进步奖。

反向动力

1994 年，农牧分家。原来的泌阳县农牧局即将一分为二，分别成立县农业局和畜牧局。照说这件事情对正在顺利进行的项目不会有影响，然而意想不到的事情总会出现。

分家之时总是牵涉干部调整，很多蛰伏多年的后备干部等待着从千载难逢的机会中脱颖而出。论资排辈，祁兴磊已经是畜牧兽医工作站站长，他大学毕业，一直在一线工作，正是组织提拔的对象。就在组织通过程序对提拔的对象进行考察和民意测评的时候，一封封举报信飞向县委、县政府及公检法司主要领导和农牧局的班子成员那里，罗列了祁兴磊所谓的 5 条"罪状"。

"兴磊，为何偏偏在这个关键时刻有人举报？你也不主动找我们谈谈情况？"县局局长专门问他。

"你们知道，项目进入关键时刻，我有空就下乡了，心思不在这里，更没有时间到处辩解，我相信组织的调查。"祁兴磊的平静发自内心。

他知道举报自己的人是谁，那个当初和他一起分配到农牧局的大学毕业生，一直把自己当成是仕途上的假想敌，遇到机会就出来折腾。1987 年入党时，他已经进入考察环节，对于大学毕业愿意回到家乡最贫穷的地方干事创业的祁兴磊来说，的确是一个喜讯。可是一封举报信寄到了党组织负责人手中，是真是假，先搁置再说，原本那次就可以顺利入党的祁兴磊却被冷了半年，直到组织调查清楚举报为子虚乌有后，他才于 1988 年 5 月入党。而突然中止的原因，祁兴磊也是事后才知道。

挫折有时会成为人生的财富，祁兴磊相信自己，相信假的不会成真。他给局领导说:"你们了解我,我真的不想也不会做官,这么多年我的心思都在牛身上,何况现在好不容易保住了咱县的项目,要尽快尽好给省局拿出效果。告吧,无非我当不上官了,正好安心做项目。"

他找到单位的老搭档高文山、师海强,把工作安排好,干脆带着行李,住进羊册畜牧站,白天走村串户、观察种牛、检查饲料、测量成长准确数据,晚上整理资料。"眼不见,心不烦,我现在工作效率可高了。"他给单位关心他的同志这样说。

事实的确如此,就是在那段时间,祁兴磊再一次调整了项目组的工作方法,每年3月和9月分两次对存栏回交牛进行调查、登记和测量,并对每头调查测量的回交牛建卡片和档案。对回交牛与南阳牛的体尺数据进行了对比分析,从6月龄至36月龄,每6个月作为一个年龄段,每个年龄段随机抽出公、母牛各180头,南阳牛公、母各180头,分析体高、体斜长、胸围、后腿围、体重5项数据。这样出来的方差分析结果,会更加切实可靠。

他还认真分析了南阳牛导血育种10年的工作原始材料,确定了夏南回交牛产生办法含夏洛来牛血液比例25%,用这种公牛与南阳母牛杂交为正回交,用南阳公牛与夏南回交牛母牛杂交为反回交的研究实验方向,决定从当年到1997年为大面积回交阶段。正回交选择个体种畜户实施,反回交在项目区各冷配点实施。

那个时期的研究报告里,还详细记录了南阳牛品种形成的独特地理因素,南阳盆地的主要农作物有小麦、玉米、甘薯、高粱、豌豆、蚕豆、黑豆、黄豆、水稻、谷子、大麦等,饲料丰富,尤以豆类供应充足,群众有用豆类磨浆喂牛的习惯。群众长期选择体型高大、耕作力强的牛,在一代代选择中形成了南阳牛。

为技术人员提供的南阳牛特点,他也有清楚的描述:"公牛角基较粗，以萝卜头角为主，母牛角较细，鬐甲较高，有黄、红、草 3 种毛色，以深浅不等的黄色为最多，牛的面部、腹下和四肢部分毛色较浅，鼻镜多为肉红色，其中部分带有黑点。蹄壳以黄蜡、琥珀色带血筋的最多。成年公牛平均体重 647 千克，体高 145 厘米；成年母牛平均体重 412 千克，体高 126 厘米。"

育种中心的夏南回交牛

夏南回交牛毛色多为草白、浅黄和深黄，少数为米黄色，体型近似南阳牛，但体躯长、后躯丰满、四肢粗壮。公牛头部比南阳公牛略小而方正、雄壮；母牛头部狭长而清秀。公牛肩峰明显但逊于当地黄牛。祁兴磊回忆，6 月龄时，夏南回交牛的体重和体高与当地黄牛相比差异不显著，体斜长、胸围、后腿围差异显著，12 月龄以后夏南回交牛与南阳黄牛的各项指标差异都极为显著。

祁兴磊沉浸于乡野牛栏各种分析记录之时，命运之神也给了他公平的回馈，一年多后，一纸泌阳县畜牧局副局长的红头文件，给了他主抓业务技术的安排。有了县委、县政府这样的支持，接下来的大面积回交实验得以开展，杂交创新也相继上马，泌阳项目区在两年时间共出生夏南回交牛 4 万头，每头比南阳牛多卖 2000 多元钱。得到实实在在经济效益的养殖户，完全接受了项目组的各种指导。

1998 年，省局对项目组作出决定命运的评价：南阳牛导血育种项目是切实可行的，泌阳项目组回交阶段达到预期目的，在南阳牛导血育种方面走在全省乃至全国前列。

一碗蘸水面

烫金门匾，印花布门帘儿，四方桌长条凳，这不是电影里老饭店的场景吗？落座的祁兴磊还没有从恍若隔世的感觉中回过神，一个大瓷碗敦敦实实地摆在了面前。热气蒸腾里，看得见碗中泛着亮光的宽面条，在热汤里漂浮的翠绿葱花和鲜嫩西红柿的衬托下，格外洁白柔韧，宛若玉带。

"愣着干啥，动筷子啊！"

筷子挑起，祁兴磊这才发现面条宽宽的长长的，一根便是一大碗，一口咬下去，筋道中透着麦香、蒜香、蔬菜香，咽下去，浑身都在味蕾的带动下放松舒展了，仿佛这辈子最满足的就是这一刻。

祁兴磊咋能不满足呢？坐在对面，请他吃这碗面的，是中国黄牛育种委员会秘书长、西北农林科技大学动物科技学院教授，全国育牛专业领域的顶级专家昝林森。几天前，祁兴磊还为怎样找到教授焦虑万分呢。

表面上看起来，育牛项目保住了，研究方向和结果也得到省局认可，但终日在一线奔波的祁兴磊深知，随着项目进展，面临的技术难度，不是目前的团队可以解决的。

养殖专业户的小牛犊

有关资料和每家每户的调查显示，含外血25%的杂交牛个体长势太慢，含外血50%的牛群里，一大半毛色偏白，群众对这两代杂交牛满意度都很低。目前10年已经过去，决定方向的春季马上到来，眼前的条件却困难重重。

首先南阳牛导入夏洛来牛杂交育种项目没有成功的经验可以借鉴，如果方向错误，就不能像发达国家那样，在封闭式的农场，在拥有大量的肉牛优秀基因库里很快得到纠正。何况在20世纪八九十年代的中国，DNA遗传标记、超声波活体测膘、胚胎移植和性别控制等先进技术和科研条件，对于豫南一个偏远小县，是见所未见、闻所未闻的设备，更不用说国际同类项目，人家动辄有千万巨资投入的科研经费和顶尖科研队伍。

祁兴磊与自己的班长、畜牧局局长一起讨论，局长有着同样的压力："兴磊啊，人生有几个10年？这么多年来，我们投进去的人力物力太多了，现在项目得到肯定，结果不理想也算有了成果。这中间换了几任局长，都很重视你们的这个项目，同时方方面面盯住这个项目的人也多，影响也出去了，再有10年如果前景不明确，就此打住也不晚。不能等到再过10年还搞不出来，那时候再说不中就太不像话了。"

其实祁兴磊并不是不知道，局里关于这个项目的风言风语传得沸沸扬扬，只不过一些人碍于情面并没有当着他的面直说。祁兴磊与项目组的成员也议论过这个事情，认为虽然远期目标不能确定，但是现有成果的基础非常扎实，应该能够支撑未来的研究进程，不能就此打住。外界误解与传言越多，核心团队队员的思想越是不能松懈，更不能垮。

他和局长交心说："虽然目前距离理想的新品种培育还有一段不小的距离，但是冷静分析，我们方法得当，只是技术遇到了瓶颈，省局的相关专家也没有成熟的技术，我们确实是在摸着石头过河，不过通过这么多年的培育对比试验，我还是有足够的信心的。"

一番讨论后，他们决定向当时的县委书记徐群才汇报这项工作。

在书记办公室内，祁兴磊如实汇报了项目开展情况，把取得的成绩与遇到的困难和盘托出，就等着这个一方的主政者进行适时决策。

"祁局长，你说该怎么办？"徐书记似乎将皮球踢给了手足无措的祁兴磊。

"我认为当务之急就是聘请专家，让他们过来给把把脉，针对项目杂交创新、正反回交两个阶段进行评估、研究，看能不能制定横交固定阶段的技术路线和方案。"

"就等你这句话呢！"

徐群才哈哈大笑起来："县委已经在有关会议上多次提到你们的项目，目前经济发展的战略方向和省里的要求，都鼓励发展多种经营，发展地方特色，咱们县有畜牧传统优势，你们的项目决定未来县域经济发展的目标和质量，一定要想办法搞下去，目前解决问题的良方不在你我手上，在专家那里，把他们请过来，现场考察，现场开研讨会。"

"可是我不认识外面的专家啊，能不能通过省畜牧局邀请到这些专家？"

"思路县里定了，具体办法你们自己解决，我看这件事就交给你了，请来专家就开，请不来，这件事就先放放。"书记又将了一军。

走出书记的办公室，祁兴磊出了一头冷汗。说实话，自项目开展以来，他大部分时间都在乡下，汇报工作最多到过省城，那些专家可都是在大城市的大专院校啊，人家门朝哪开都不知道，何谈对这个项目感兴趣！不善交际的祁兴磊心事重重。

回到家里，一眼看出问题的妻子马上询问丈夫怎么回事。听到祁兴磊讲了这番话，妻子立马轻松起来：

"我以为多大事儿，专家之前咱不认识，可是你找找人家不就认识了吗？从1988年算来，这个项目已经开展12年了，这件事是你精神上的寄托和事业上的追求。你不能遇到一点事就想着放弃。这也不是你的风格。"

祁兴磊决定放手一搏。他按照老规矩办事，给局长说准备开个介绍信，王局长这方面脑子转得比较快："咱一个小县名气不大，你到省局，让大志局长给指指路。"

一夜颠簸，祁兴磊一大早就出现在省畜牧局王大志局长的办公室。

"我们想办个研讨会。"他迫不及待地把困惑和想法一气儿说出来。

"这个方向太对了，你们干的就是全国唯一，应该让国内顶尖专家把脉问诊。材料很重要，你回去整理准备一下，省局可以出面邀请，你放心干吧。"大志局长的肯定给了祁兴磊信心。

"我来郑州都很不容易。你这就向专家打招呼，我这就去。"看着心急如焚的祁兴磊，王大志拿起电话，把原本的安排一一推掉，坐下来对照项目，拿出稿纸，一个个专家的名字出现在眼前：

西北农林科技大学博士昝林森

河南农业大学教授高腾云

郑州牧业高等专科学校教授刘太宇

南阳黄牛研究所研究员王冠立

…………

这份名单和省局的介绍信，让当晚住在省畜牧局招待所的祁兴磊兴奋不已，他反复拿在手上舍不得放下，上面的名字，都是他过去只能在各种学术杂志上看到的，每每为那些先进的理论、渊博的知识仰慕不已，从来没有想过今生像摘天上的星星一样，站在人家面前。

专家长什么样子？见面第一句应该说什么？人家不见我怎么办？特别是昝林森博士，那可是中国黄牛育种界的翘楚、大专家，他能接受自己的邀请吗？自己能够顺利完成任务吗？

但是有大志局长的支持，有这封盖着大红印章的介绍信，一定要去拼一下。今生最远到过的地方，是和局里同事到上海买机器，西北从未去过，更不用说九朝古都西安。祁兴磊推开宾馆的窗户，他盯着郑州的夜色思绪翻腾，睡意全无，一大早就赶往火车站。

透过火车的窗户，一路上西北的风光走进祁兴磊的视线。他凝视着外面的风景，窑洞、逐渐稀疏的植被，不知不觉就来到西安。这就是昔日繁华的盛世大唐国都吗？他被火车站的嘈杂声和眼前的高楼拉回现实的世界。他急忙询问到昝博士所在的西北农林科技大学杨凌怎么坐公交车，连问几次，才弄明白乘坐公交车 3 站路到西安汽车站，再乘车 80 公里就到杨凌。

直到这时候他才发现肚子咕噜噜叫了起来，省畜牧局开介绍信的同志开玩笑说，到西安一定要吃一碗羊肉泡馍。他捂住自己随身带着的一个帆布包，大步向火车站广场附近走去，找到一家小店，就要了一大碗羊肉泡馍。吃着这碗饭，身处异乡的祁兴磊内心忐忑。

简单吃完饭，他来到公交站牌，等了 30 分钟还没见到公交车，于是就步行向前方走去，没想到 3 站路有那么远，祁兴磊的脚底板都走疼了。

就当时的情况，祁兴磊每天的餐饮补助 2 元钱、交通补助 3 元钱，超标的部分就要自己承担。

当天下午他乘坐客车 1 个小时来到位于杨凌的西北农林科技大学动物科技学院。可是已经很晚了，他当天夜晚就住在一个很小的旅社里，第二天才鼓足勇气敲开了昝林森博士的门。见到昝博士后，祁兴磊小心翼翼地将介绍信递上，同时介绍自己此行的目的，希望昝博士能够到泌阳县参加一个研讨会。

"我已经接到河南省畜牧局的电话，知道你要来。你有什么想法，让我做什么都不要顾虑，尽管说。"

一句话打消了祁兴磊的顾虑，这难不倒我。他不用包里的材料，一五一十地开始汇报南阳牛导入夏洛来血液杂交育种改良项目的进展。当他发现教授专注的眼神，心里更踏实了，特别是昝林森提出的问题，都是祁兴磊节骨眼儿上有过忧虑的问题，他仿佛遇到了知己，更加兴奋，详细地说起来。

"我是国内养牛权威邱怀先生的学生，我的老师研究了一辈子秦川牛，可是还真没听说过有这个项目在进行。"

对科学的探究是最好的沟通，博士的话让祁兴磊觉得面对面的就是自己的老朋友，之前的拘谨都消失不见了，他老伙计似的提出要求："我觉得你有必要亲自去看一看，到了现场你会对我们的项目更了解。"

"放心吧，我答应你，一定去。再说，我是研究秦川牛的，你也是研究牛的，我们都是一行的。你不要拘束，我这就让我的研究生带你安顿下来，咱们去吃西安蘸水面。"

这是祁兴磊吃过的今生难忘的一碗面。

吃完饭祁兴磊坚持付饭钱，可是昝林森坚决不同意。

原本昝林森已经安排让祁兴磊住下后好好在西安转一转，西安大雁塔等风景名胜依旧像天边的一抹浮云，都挽留不下祁兴磊继续寻访老师的决定和毅力。当天夜晚，祁兴磊马不停蹄就回到郑州，第二天来到河南农业大学，带着介绍信见到了高腾云教授。

"我带着材料，带着省畜牧局畜禽改良站大家畜科科长茹宝瑞交代的一些情况见到了高腾云教授。后来，他成为我最好的朋友。"祁兴磊说，当时他就把项目实施情况一五一十地向高腾云教授介绍了。

"从项目立项到技术路线培养目标出现问题，原来拟定的含外血25%个体群众不认可，这是个主要的问题，接下来就想调整育种路线，培育出群众认可的品种。"

"说实话，原来我对这方面情况了解较少，听你介绍后对这个项目有了初步了解，不过还是要实地察看后再说。你们这么多人为了这个事做了这么多年，辛苦自不必说，确实也应该取得一定成绩。我觉得干任何一件事都不是一蹴而就的，你们应该坚持下去。何况你们再坚持8年左右就能见成效。我答应你，到时候一定去看一看你们培育的牛。"高腾云教授的这番话，直到今天在祁兴磊的记忆中还是那么清晰。他说，自己原来准备的材料很多，由于初次见面想着给人家留个好印象，话说多了怕人家烦，话说少担心人家不明白，外出拜师的路上，所有的焦虑忐忑，都在见到专家本人时烟消云散。

祁兴磊不再担心专家、教授瞧不起他这个土专家了，对方的学识涵养不仅给祁兴磊留下深刻的印象，更给了他信心，坚信科学的道路上只要有诚心、有决心，就会有指路明灯。

群贤毕至

1999 年 11 月 26 日，在泌阳县盘古宾馆最大的会议室内，一条"南阳牛导入夏洛来杂交育种研讨会"的大红横幅，给会场平添了庄重气氛。主席台上，整整齐齐摆放的名签，让坐满会场的人们肃然起敬：

昝林森、高腾云、王冠立，还有李维铎、朱广祥、黄克炎、茹宝瑞……整整 12 人。

主办方规格之高也是这个小县城少见的，由河南省畜牧局主办、泌阳县人民政府承办，省畜牧局畜牧处处长王春祥主持，泌阳县委书记徐群才、县长王学杰参加。

"泌阳县总面积 2682 平方公里，属热带与暖温带过渡地带，江淮两大水系分水岭就在我县中部，光宜牧草场面积就有 150 万亩，农民搞农林牧也能富，种养加也能发。1992 年全县人均收入 280 元，财政收入 1800 万元；1998 年全县人均收入 1200 元，财政收入达到 1 亿元。我们这里山清水秀，牛吃的是草，喝的是矿泉水。我们这里位于黄河以南，长江以北，属于汉水流域。这里属于典型的浅山丘陵区，农作物包括小麦、玉米、大豆、芝麻、花生、棉花、油菜等，全县食草动物年载畜量可达 100 万个标准牛单位。我县是全国十个大牲畜繁殖样板县之一，是国家级生态示范县、全国秸秆养畜示范县、河南省畜牧大县，畜牧业是振兴当地经济的支柱产业之首。我们对这个项目充满信心。"县委书记徐群才的介绍让专家们对当地畜牧条件有了了解和信心。

在论证会上，南阳牛研究权威王冠立充满感情地说："10 多年来，泌阳县项目组的人员做了大量基础工作，培育大牲畜非常不容易，在这么艰苦的条件下南阳牛改良育种工作做出的成绩在全省少有。一代母牛符合育种方向，第一阶段杂交创新工作圆满完成预定目标；第二阶段横交固定阶段，群体分离较大，选择、育种的难度会更大。要考虑到建系问题，培育新品系要选择一个标准，包括外貌、体尺、体重，制定了选留标准后，就要马上去做；饲养条件更要讲究良种良方，不仅停留在育好牛上，还要养好牛。在组织上要聘请智囊团，聘请省内外专家出主意、想办法，及时发现问题，及时改进解决。

不远千里赶来的昝林森教授表示："我的老师邱怀先生生前十分关心河南的养牛事业。来到这里看过后我触动很大，比起甘肃、陕西，这里的牛名不虚传，育种项目进行到关键阶段，好比万米长跑还有最后1000米，到了攻坚冲刺阶段，相关人员一定不要放弃。坚持搞下去，你们这里将会出第一个中国肉牛品种。我同意成立育种委员会，培育出的牛可叫南阳牛新品种。"

会上省畜牧局副局长王大志称，项目是由他提出的，具体实施由泌阳县畜牧局的同志负责，这么多年来，这些人兢兢业业、任劳任怨，开展这项工作相当艰苦，期望继续开展下去。

祁兴磊回忆，昝林森教授在这次会议上对国内外的育种情况及育种经验进行了介绍，指出封闭育种时间短、效率高，开放式育种时间长、效率低。这次会议明确下一步育种的目标就是培育含外血37.5%的理想牛，然后再横交造育，直至育成。

在会议的间隙，祁兴磊向昝林森教授讨教，河南省畜牧局制订的方案，10年来完成得科学不科学，往下走要做哪些工作。作为项目的主持人，他认为自己才疏学浅，畜牧生物育种知识贫乏，想请昝林森教授做肉牛育种项目顾问，没想到他当即就答应了。与他一同被聘为顾问的还有高腾云教授、王冠立研究员。

"这个我同意，也愿意从事这项工作。我全面配合你们把这个工作做好。老祁，你是老大哥，在前线做第一手工作，分析整理方面的工作由我来做。你是育牛的，我是教授怎样养牛的，我们是一路人。你以后别再喊我高教授、高老师了，再说我也比你小一岁。"高腾云同样爽快地答应了祁兴磊的请求。

其实，在向两位教授提出聘请他们为技术顾问前，祁兴磊就找到徐群才书记，把请两位教授做技术顾问的事情提了出来。随后，在隆重的国歌声中，两位教授接过徐群才书记递过来的大红聘书，成为泌阳夏南牛育种这个"草台班子"的技术顾问。

"随后我与高腾云教授电话联系，项目遇到什么难题随叫随到。夏南牛培育申报品种时把几个教授的名字放在我的名字前面，申报省级、国家级、农业部奖励也都把他们的名字放在我前面，高腾云教授是我在培育夏南牛过程中技术支持最多的专家。"祁兴磊是一个不忘感恩的人。谁对他好，他心里最明白。

就在会后不久，杂交牛生出一个 45 公斤重的公牛犊，祁兴磊第一时间把这一喜讯电话告知高腾云。

"我交代完手头的工作后就去看看。"高腾云果不食言，随后带着研究生小汪搭车来到羊册改良站，见到了这头凝聚着无数人心血的公牛犊。"不错，可以做种公牛进行饲养，就看它以后适不适合。"高腾云说。

祁兴磊陪同外地专家参观

高腾云经常带着硕士生、博士生到泌阳，小汪是其中一个研究生，当时才21岁。在查看原始系谱时，看到畜牧局档案室的杂交牛档案杂乱无章、十分繁琐的时候，小汪说："我回去给制作个夏南牛育种软件，可以提高档案查找效率。"

"你们这儿有会计算机的没有？"

"我会个皮毛，王之保主任也不太精通。"

"如果会的话，我做个软件，把这些资料都存进去，以后查找起来就方便多了。"

"那太好了！真帮了个大忙，比蹲在这里计算多少个数据都要强。"

"我回去试试。"

半年后，小汪把利用课余时间精心制作的软件通过网络传给祁兴磊。可是捣鼓几天后，还是摸不着头脑。电话中与小汪沟通也不畅，于是祁兴磊邀请小汪过来给局里相关人员进行培训，现场录入数据，直到手把手教会所有参加培训的人，他才回校继续读研究生。

小汪叫汪聪勇，毕业后于2014年再次来到泌阳县畜牧局，看看育种软件的使用情况。当时的小汪已经是河南鼎元肉牛育种有限公司总经理，他还与祁兴磊一起就母牛群开展相关研究。

而多年以后，祁兴磊陪同昝林森到羊册开展项目研究。在唐树湾村，昝林森看了看散养户家的核心牛。他问养牛户："泌阳为何养南阳牛？经过杂交后的牛干活性能差，你们愿意养吗？"

"愿意！"老乡爽快地回答，"俺现在就想养'吨牛'，老祁培育的牛长得快。现在都机械化了，一般不让牛再干活了。"

"你们自己的牛是不是想卖就卖？"

"那不中，人家县里经常下来指导工作，等人家把工作做好俺再卖。"

每到一个村，不少村民都喊："老祁来了，老祁来了！"年龄小的直接喊："祁大爷来了。"

"老祁，你怎么在这儿这么熟悉？"

"我一年来两次，每次都住几个月。你说会不熟吗？"

祁兴磊特意笑着对昝林森说："昝教授，我们今天吃个稀罕东西，保证你们那里没有吃过。"

昝林森笑了笑，不知道祁兴磊葫芦里卖的什么药。当天中午，祁兴磊来到羊册街上请昝林森吃了一碗热豆腐。"不错，不错。我们那儿确实没有。"昝林森吃着热乎乎的热豆腐，芝麻酱、蒜泥、葱花与软乎乎的豆腐挑动着舌尖的味蕾，也把中原人如泥土般芬芳的回馈、感恩之心进行放大。

担着挑子卖热豆腐的老大爷满脸堆笑，他在得知吃热豆腐的是大名鼎鼎的大学教授后，坚持不收钱，这让昝林森和祁兴磊都很感动，认为自己培育肉牛得到老百姓的尊重，是人生最幸福的事。

第四章

痴心牛郎可弹琴

□祁兴磊和他的牛王

"知道他属牛，爱牛，从事的也是育牛工作，没想到他对牛痴心到了忘记家庭的地步，然而，最终这个人也是用牛一样忠诚执着的品行，收获了事业和家人的理解。"

——祁兴磊的妻子杨玲

寻牛记

小暑，阳光肆无忌惮地铺满豫南大地的每个角落，泌阳通往社旗国道的柏油路上，难闻的热浪扑面而来。正午时分，大货车都停下歇息，但见一行三辆自行车出现在路边，骑车人后背湿透，可以想见头顶的草帽在7月的艳阳下无济于事。然而，三人依然不停地蹬着车轮，双脚恨不得变成翅膀飞起来。

骑在最前面的是祁兴磊，昨天一早他就带着高文山、师海强骑车离开配种站了。

由于国内没有大型饲养场，有限的科研经费让建立自己的种牛场成为奢望，只有用祁兴磊制定的土方法。每年定期在发育节点上走村串户，进农户牛圈查看，刚出生时测量初生重，如果超出一般公牛的重量就给养牛户留下点钱，算是补贴，让其买饲料，养到半岁的时候再次测量，如果体重身高都很好就比较之下筛选一些公牛，再给农户留点钱，等到8个月、一年后最终确定是否可以作为种公牛，各方面合格就掏钱将其买下。因此，一头种公牛可以说是项目组无数人用脚底板换来的，每一头牛都是通过海量寻访测量得到的。

与养牛户交流

在项目开展关键期的 1998 年春天，祁兴磊在羊册镇骆驼巷村的贾春海家发现一头种公牛牛犊，第一眼祁兴磊就被其吸引了，这头牛犊毛色金黄发亮，四蹄短粗有力，头大臀圆，强壮却不失温顺。他马上拿出各种仪器测量起来，结果更加惊喜，这是一头含外血 37.7% 的公牛犊，膘情、体型、毛色等都符合研究目标，是一头理想的种牛。祁兴磊当下和贾春海商议，指导他怎么饲养这头小牛，有哪些注意事项，并留下了补贴饲养费用。这头牛也从此圈到了祁兴磊心里，他定期上门察看，平时路过也要绕到骆驼巷村，哪怕隔着院墙看一眼，也心满意足，与贾春海一家人也成为好朋友。

夏天到了，正是小牛发育关键时期，饲料饮水都要跟上，祁兴磊约了高文山、师海强，专门到贾春海家看看。配种站离骆驼巷村 20 多里地，上午 10 点左右就到了，只见贾春海家大门紧闭，三间瓦房在大槐树掩映下寂静无声，仔细看去，屋脊上的小瓦遭遇风雨有的已经开裂，院子里的拴牛桩上空空如也，祁兴磊心跳加快起来。

这时候，过来一位背着玉米秆的老婆婆，一大捆带着叶子的玉米秆几乎将老人的头盖住，祁兴磊不顾玉米叶子上的扎刺，接过玉米秆捆子："大娘，您歇歇，想问个事儿。"

"啥？我耳朵背，听不清楚。你再说一遍。"老婆婆抬起头，满脸的褶子里一双眼睛流露出茫然。

"大娘，贾春海家的牛呢？"祁兴磊大声说。

"他呀，他家关门闭户外出看儿子去了。他儿子在外地出事了……牛也卖了。"老婆婆耳背口吃，但是最后还是弄明白了。祁兴磊把老婆婆送到家，连忙在村里继续打听，得知，半月前，贾春海的儿子在外地出车祸，为筹集医疗费，他来不及和祁兴磊说一声就把牛犊卖了。

"走，还愣着干啥？"

"去哪儿?"

"到集上!"

到羊册牲畜交易市场,几人顾不上喝水吃饭,就找牛把式四处打听,询问贾春海家的牛犊卖到哪儿去了,几经周折才从牛把式那里得知牛犊被卖到泰山庙乡苗庄寺村。当下立马挽腿上车,他们向十几里外的苗庄寺赶去。

苗庄寺村是个大村,但是谁家养牛祁兴磊心里有数,问到第三家,就找到买走的农户,三人一溜小跑到这家牛圈,满腔希望又落了空,几天前这头牛被田庄乡一家养牛专业户看中,买走说养大做种公牛。

几人面面相觑,田庄不在泌阳地界,距离此地足足40里地,此时暮色苍茫,几人才想起午饭还没吃,好的是有熟悉的养牛户,就地蹭饭住下,第二天继续骑车上路。

下了国道,几个人又在乡村土路颠簸中找到田庄乡,几经周转询问到买牛户家,得到的只有三个字"我不卖"。任凭好话说尽,对方抱着葫芦不开瓢,就是不卖。

"大哥,咱们都是养牛的,不到关紧处我不说这个话,那就是咱们同样养牛,区别在于我们是改良站的,有国家项目任务在身上。"

祁兴磊掏出之前准备测量的器具和资料册:"你看,这头公牛犊早就被我们进档案了,要不是那户人家家里出事了,怎么也不可能卖给你。这头牛是我们第三代种牛,好不容易含夏洛来血液37.5%,准备做种公牛,采集精液做冻精,继续对同类牛进行改良。在您这儿也就是给一些母牛配种用,说实话也配不了多少头母牛,而在我们这儿通过冷冻处理可以配成千上万头牛。咱们都懂养牛,你说这头牛是在你这儿用处大,还是在我们那儿用处大?"看着祁兴磊不顾满头大汗,依然恳切要求的神态,对方有些动心,但似乎更有是好东西谁都想攥在手心里的样子。

"要不，我们可以给你多掏些钱弥补一下，你看咋样？"眼看天色晚下来，祁兴磊豁出去最后一招。经过几轮讨价还价，最终以高出市场价1000元的价格将这头公牛犊买回。

两县四乡，200多公里路程，牵着牛犊返回的祁兴磊却劳顿全无，开起玩笑来，对高文山、师海强说："这头牛真是头金牛啊，多掏的1000块钱是我们几个月的工资，不过肯定值，只要项目最后成功，花再多的钱也值得。"

后来，这头牛杂交繁育了8万多个后代，为后来"夏南牛"的成功培育立下了大功。

祁兴磊对牛的感情，并不只在使用上，那些对科研作出贡献的老牛，也始终是他的牵挂。

这天，祁兴磊一如往常来到羊册改良站，正在添料的高文山告诉他一个好消息：大牛与"花园"交配产下了一头母牛犊。祁兴磊高兴地来到相邻牛圈里正舔食着牛犊的"花园"身边，轻轻拍打着牛背，隔壁的大牛闻到熟悉的气息，向祁兴磊转过头来，朝天"哞哞"叫着，似乎向他炫耀自己的功劳。

看着兴磊高兴的样子，高文山提醒说："兴磊，我给你说个事，大牛已经采精两年半了，如果再采集下去，很可能就会近亲繁殖。"

"有这么长时间了吗？"说完这话，祁兴磊突然感觉到将要发生不好的事情。这就意味着今后不能再采集大牛的精子做冻精了，也就意味着大牛的使命已经结束，等待着它的命运就是被人宰杀。

作为杂交一代公牛，大牛体型健硕，毛色纯正，是千里挑一选出来的种公牛。长时间的相处让大牛与饲养员及技术员祁兴磊之间培养出很深厚的感情。大牛就是育牛项目的希望，大牛身上寄托了育牛人隐藏内心的感情。它每次见到祁兴磊都主动朝他靠拢，用肉乎乎的身子磨蹭他的身体。他则用梳子轻轻为大牛梳理毛发，还用手轻轻抚摸大牛如绸缎般的皮毛，正在吃草的大牛还会抬起头，注视祁兴磊许久。人与动物之间建立起彼此信赖的关系，是多年默契用心的结果。

祁兴磊亲自培育的功臣"大牛"

"宰了不行，坚决不行！"祁兴磊对高文山说，"大牛是我们这一项目的功臣，为我们立下汗马功劳，怎么能卸磨杀驴，没一点感情呢？"

最后在祁兴磊的坚持下，由站里的工作人员将大牛拉到羊册牲畜交易市场出售给南阳市社旗县尧良镇张庄的一户张姓饲养种牛的人家。

第二年夏天，大雨滂沱，长江决堤，抗洪抢险的画面通过电视传播到全国各地。祁兴磊在雨大风大的时期有10多天就住在羊册改良站。

他每天奔波在测量牛的乡间小道上，忙忙碌碌，像极了不停歇的小蚂蚁。

夏天过后，路上渐渐干了。有一天，祁兴磊把站里的几个人喊到一起说自己有点事要出去一趟，工作该开展还得开展，不要偷懒，自己下午晚些时候就回来了。

"我得去看看老朋友了，昨天晚上它给我托梦了。"祁兴磊小声说出的这句话，还是让几个同事眼眶一红，也都默默走开。

他戴着麦秸秆编的草帽，穿着一件白色的的确良汗衫，骑着自行车开始了从出发地到目的地40公里的行程。从早上出发，如果从空中俯瞰祁兴磊的行动，羊册改良站被甩在一片绿荫中，小河也被甩在身后，部分庄稼还泡在水中，用满目疮痍来形容也不为过，偶尔前方被惊飞的鸟儿急速飞向天空，路边几头牛踩着烂泥一边吃草一边"哞哞"几声，可这都吸引不了他的注意。

他独自沿着小道一直骑到尧良镇，停下来打听张庄怎么走，随后推着自行车下到土路上。路上坑坑洼洼十分颠簸，可祁兴磊不管不顾，想快点见到这个一年不见的老朋友。他要与它说说话，叨叨这些天的喜怒哀乐，还要拍拍老朋友，嘱托它一定听新主人的话，告诉它它的后代里有几头牛长得特别喜人。"你是育牛道路上的功臣"，这是他最想和它说的话，内心有一种急不可耐的冲动在支配着祁兴磊，"你能多活几年，我就可以多来几次看你，老……朋……友"。

一路走一路问，终于来到买牛的那户人家门口。门口的牛桩上拴着的正是大牛，看到大牛，祁兴磊一阵激动，眼泪立即流出来了，还好没有被宰杀，连旁边拴着的另外一头公牛都无暇细看就上前敲门。"屋里有人吗？"等了片刻，随后就见到这家的女主人。

"我这牛不卖。"女主人看到陌生人紧盯着大牛不放，垂下眼帘，斩钉截铁地说。

"大姐，我是羊册改良站的，我不是来买牛的。你这头公牛也是我们培育的。"

看到这个陌生人不是来买牛的，女主人放松警惕，说："上屋吧，歇歇，羊册可不近。"女主人打来一盆井水，奔波一路的祁兴磊赶紧接过脸盆洗了一把脸，凉滋滋的压井水撩拨在脸上十分清爽。洗罢脸，接过她递过来的一大碗凉开水一饮而尽，接着又喝了一大碗。

"我家男人爱养牛，这头牛通人性，好吃头，来之后就与这儿的牛配种，人家看这头牛长得这么好就愿意掏钱。"

"那应该有不少收入？"

"那还得感谢您哩。"

随后，他慢慢来到大牛跟前，大牛对他还有印象，并不像见到陌生人那样紧张，还伸出脑袋拱他，用舌头舔他的手背。他拍拍昔日的老伙计，是那样亲切，那样熟稔，久别逢故交，那种无法抑制的感情充盈在人牛之间。看到一旁的女主人，祁兴磊勉强控制住感情，心想，这头牛身上干干净净，膘情非常好，看来大牛找到了好的归宿。

"以后好好跟着主人干活。"冷不丁从祁兴磊嘴里蹦出这句话，其实里面的含义非常丰富，如果不好好干就会遭遇不好的事情，这是他最不愿意看到的事情。

时间过得可真快，这时候他理解了"时光飞逝"这句话的深刻含义，尽管内心有一万个不舍，可与大牛待了许久，不得不走了。祁兴磊就与女主人告辞。

"大兄弟，当家的很快就回来。中午不走了，你和他喝几盅。"

"我还得到尧良牛行转转，就不在这吃了。"祁兴磊一抬腿骑上自行车，不敢扭头去看大牛和女主人，眼泪瞬间模糊了视线。来到牛行，看看当地的南阳牛，询问牛的价格，他还打听了当地的母牛长势，看看有没有优秀的母牛可以充实到项目的核心牛群里。

秋天的毒日头就这样白晃晃地照着大地，村庄在阳光下分外蓬勃，村头的洋槐树、高大的杨树和家家户户门口种的花椒树茁壮成长着。树上密密麻麻的花椒变成红色，等到秋收的时候就可以打下来晒干贮藏，成为一年的佐料。

他骑着自行车在村里转悠，在集市上漫无目的地推车走着，他实在不想就这样离开，离开大牛生活的地方。他还是无法割舍几年来与大牛的那份深厚感情。他觉得大牛是一个不折不扣的功臣，不应该受到这样的待遇，可现实是不再作为种公牛的大牛注定被淘汰。他心口隐隐作痛，不知道这种撕裂感今后还会不会与他不期而遇，注定，作为一个科技工作者需要面对这种取舍，这是一般人无法作出的取舍！

中午，饥肠辘辘的祁兴磊在集市上吃了一碗捞面条，要了一瓶啤酒，一个人在小集镇上的小饭馆里，看着别人觥筹交错，猜枚划拳，他静静地待在饭馆的角落里一口口喝着啤酒，筷子扒进嘴里的面条和臊子早已经没了滋味。

一个陶瓷牛

"玲儿,咱的那头牛呢?"

"你说啥?"正在厨房忙碌的杨玲,双手湿淋淋地走出来,面部表情明显带着惊愕。

"咱的那头牛。"这是祁兴磊夫妻之间方能听懂的语言。

不爱言辞的祁兴磊是在参加工作后,1986年经人介绍认识杨玲的。通过一段时间接触,学识人品都相互吸引的两人陷入热恋,祁兴磊买了一个陶瓷牛送给杨玲,几元钱的礼品成为二人的定情信物。

"知道他属牛,爱牛,从事的也是育牛工作,没想到他对牛痴心到了忘记家庭的地步。"

妻子对丈夫的感觉最为真实。

二人结婚时非常简单,就在家中的两间瓦房里。当时祁兴磊在县畜牧站工作,三天后妻子回门,从娘家直接搭车到驻马店教育学院学习,祁兴磊来到改良站上班,晚上新房空无一人,他来到一头叫"大牛"的公牛身旁,倾诉自己有了伴侣的喜悦:"大牛,我结婚了,以后我有伴儿了。"大牛盯着祁兴磊,停下嚼草,抬起头,似乎默默倾听。他轻轻抚摸着这头牛如绸缎般的皮毛,静静地看着大牛一口一口地咀嚼着,傻傻地在心里品尝着甜蜜。那时候改良站没有电灯,没有电话,与妻子十天半月也见不上一次面,他把思念埋藏在心里,支撑着梦想。

"那时太年轻,不知道一个家庭有那么多琐事需要两人共同应对。"多年后祁兴磊这样回忆。

杨玲起初也认为自己能撑起婚后的小家。身为教师的她,包揽起儿子从幼年到入学的教育，下班晚了，就把儿子放学校办公室，她也没有想到，生活里会有许多想不到。

想不到，当时他们家由于水压低，厨房内无水可用，需要半夜接水，又不放心留儿子一人在家，杨玲常常和衣而卧，等到第二天早点起床下楼提水。看到杨玲一个弱女子吃力地掂水上楼，邻居随口说："哪有让女的天天提水吃，老祁呢？"

想不到，孩子会半夜发烧，她一个人抱着儿子深一脚浅一脚地来到医院，野狗就跟在她身后不停地狂吠，医院检查收费取药，一人来回跑，护士都忍不住问："就你一个人吗？"

想不到，每天忙着教学回到家，一身疲惫忙着做饭。有一次，没听到儿子要水喝，小家伙自己倒开水，沉重的开水瓶从桌上掉下来，孩子疼痛的哭叫声吓得妈妈魂飞魄散。到医院看到孩子秋裤和皮肤都粘在一起了，心如刀绞无人安慰，脱都脱不掉。他们每天骑着自行车去换药，儿子看见她流泪，反倒咬着嘴唇一声不吭。

直到有一天，他难得回家，兴奋地拿起照相机要给儿子拍照，儿子拼命摇头："爸爸，你相机里都是给牛拍的照片，我不想和那么多牛的照片在一起。"那一刻，杨玲爆发了："别人家体力活都有男人干，看看我手上的老茧，学校评职称晋升都有家人出面找关系、托托人，你见不到人影也没有一句话，天天都是牛的这事那事，你和你的牛去过吧！"

那一刻，祁兴磊愣住了，平日里，他已经习惯了妻子的埋怨，儿子的出口无忌让他失眠了，第一次回顾婚后日子，一桩桩一件件都是妻子的付出啊，而自己结婚时对妻子的承诺，早已在项目进展后成为空话，歉疚从心里弥漫开来……

于是，他想到了自己当初的那件信物，应该找出来，有个合适机会，以物忆事，给妻子道歉。

最细女人心，难忘是真情。祁兴磊的这句话，一下搅动了杨玲心底的波澜：他没有忘记这头牛，他还是那头牛！

其实，担当全部家务的杨玲，搬家后已经发现那个物件不见了，心里有着怨气的她暗地赌气：如果他不在意这个信物，俩人的情分也就疏远了。没想到，老祁在乎这头牛，就是在乎她啊！

当教师的杨玲按捺住心潮，平静地回答："我找一下。"利用出差机会，她跑了几条街，寻回一个一模一样的钧瓷黄牛，摆到家里最显眼的位置。

"你还真找到了！"老祁回家第一眼就发现了憨态可掬的瓷牛，拿起来打量着那头瓷牛憨厚的模样，杨玲想起婚后丈夫的点点滴滴：

"兴磊30多岁头发成把往下掉，不知道的人还以为他年龄很大。你说他做的啥，从世俗的眼光看，他工资不高，家里活做不了。有一年调整干部，我提醒他该考虑一下自己的仕途了。他说，这件事已经做了14年了，要扔掉的话太可惜了。从世俗的角度讲，下乡当官比这好得多，干这一行没名没利，何况朝前走一抹黑。做牛研究正是出成果的时候，这么关键的时候离开太可惜了。我从这件事意识到老祁做的是一件有意义的工作。

"有一次他邀请我到乡下看一看，眼前的小牛犊胖乎乎的，毛色一致十分漂亮，让我心里一动。直到2007年论证命名，一年365天，20多年的心血，可以说一片冰心在玉壶。育牛没有刀光剑影，更不可能立竿见影，漫长的过程更是常人难以想象。他凡事事无巨细亲力亲为，不可能有时间考虑家里的事情。

"他几乎没有过过一个完整的星期日，回来就谈牛，谈起牛两眼放光，而儿子却从未主动谈起过。一次下雨他没有下去，就在屋里踱来踱去，自言自语：'咦，这天要下雨，青贮弄够了没有？'

"1987年接受任务后，几年内陆续有人退出或退休，只有他反复实验，这个过程太漫长了。他20多岁毕业接受任务，26岁结婚，见到王大志老专家拍着胸脯说一定育好，以后就按照这句承诺一步一个脚印干下去。原来条件差，下乡骑自行车或坐班车，后来买了一辆偏三轮，下乡就方便多了。这么多年他腿上都是伤，加班熬夜是家常便饭，他每天的劳动量超出想象。作为家属不能跟他们生气，他搞研究原本就不容易，回到家不可能啥都照顾到。我和局里几个参与育牛的家属这样打气，不给这些干事创业的人添堵添乱。"

触动杨玲的，还有几个不速之客。"那天，几个老农风尘仆仆地来到我家要找兴磊，听说他不在家，丢下一个袋子就走，我追上去，他们说，不是啥稀罕东西，是刚挖出来的新鲜红薯，要不是兴磊没日没夜地教我们学技术，我们村几辈子也养不出来那么漂亮的牛娃子！"看着他们开心的样子，往事历历在目，杨玲理解丈夫了，这是一个干事业的人，我的付出值了！

"开始家里有啥事还等着他来定，后来我不想影响他的事业，凡事就自己拿主意了。"

杨玲是个能干的女性。那时家里公婆身体不好，治疗需要花钱，孩子教育需要花钱。杨玲自己多年不买一件新衣服，省吃俭用还是难以为继，连一口像样的饭锅都买不起。于是，她决定和弟弟合伙做生意，用父母亲戚的房产证贷款买了两辆货车，白天忙工作，夜晚加班联系业务，让家庭成为兴磊的后勤部。

因牛失和，用牛补偿，这个家庭注定与牛结下永远的缘分。

愧对母亲

在郑州大学第二附属医院的 CT 检查室门口，祁兴磊接过检查单，片刻愣住了：母亲脑颅中长了一个很大的垂体瘤，压迫视神经导致暂时性失明。

应该是一年多前吧，弟弟祁兴山匆匆找到哥哥，说母亲的眼睛看不清东西了，当时祁兴磊正在羊册测量年底的最后一次种牛长势，就让弟弟先带母亲到县医院检查一下。测量结束回到家后，母亲没有像往常一样快步迎上来，说："兴磊，你看我的眼睛咋回事，看东西只能看一半。""妈，别着急，这个年龄眼睛就是花了，这几天忙完我就陪你去配个眼镜。"谁知到省里汇报后，安排了好几个报告需要及时上交，祁兴磊给弟弟打电话，那边说母亲经常头晕，看天花板天旋地转，医生说应该到大医院检查。等报告打好，得到批复，祁兴磊赶快带母亲到郑州时，母亲已经双目失明。

温柔、忠厚、坚强，是祁兴磊对两代女性长辈的印象。

奶奶出身大家闺秀，当初完全是看上爷爷的本分聪慧、明事达理才嫁入这个贫寒之家。奶奶勤快，土墙草房、柴锅泥灶经她打理，永远敞亮洁净，一日三餐粗粮杂菜做得可口香甜，全家老少四季衣衫缝缝补补也总是整齐干净。日子实在过不下去时，奶奶向邻家借粮，拿回家平平一瓢粮食，还出去时却是满得冒尖。善良的母亲自然学有榜样，而且做得更好。那时家里孩子多，父亲为了养家，经常加班干重活，母亲不仅操持家务照顾年迈的奶奶，还像壮劳力一样下地摘棉花多挣工分，没有一句怨言。

医生给病中的母亲两个治疗方案，一个是开颅将肿瘤全部拿掉，另一个通过微创手术将脑瘤切除，但后者效果不一定好。母亲是为我们操劳成疾的啊，如果不是因为自己忙，麻痹大意，早一点到郑州检查，肿瘤就不会长这么大，祁兴磊心中充满愧疚。

他下决心放下手上的事情陪伴妈妈，和医生交流意见，定下治疗方案，晚上守在病房护理。可是未等病情完全稳定，项目评审材料报批、赛牛大会品种选择，所有环节都必须他在现场定夺。母亲传承了好家风，大家庭温馨团结。老祁分身乏术，召开家庭会，伺候母亲的重任就交给妻子和弟弟们。

杨玲回忆说："婆婆患脑瘤后生存了7年，这期间还要做后期治疗，无论是在郑州，还是在驻马店，老祁几乎都不在婆婆身边。他也没有什么存款，当初检查出病情后，医生让立即住院，我的工资还没发，就四处借钱，其他几个弟弟妹妹能拿多少是多少。

"我知道他对工作的投入，母亲的病情发展到什么地步，开始我并没告诉他，后来不得不告诉他，也是他定方案。带着婆婆去看病，先后到过洛阳、郑州，效果还不错，但是化疗对婆婆的伤害很大，婆婆最后免疫力下降，全身器官衰竭离开了。

"婆婆去世后，剩下公公一个人住在两间小房子里，兴磊劝公公和我们一块住，他很犟，非自己住不可。我们就掏钱给公公盖了两间平房。他每次下乡回来前都会往家里打电话，我心领神会，就让儿子喊他爷爷过来吃饭。公公在兴磊面前东家长西家短地讲这说那，他都是静静地听着，也许这是他表达对亡母的一片愧疚之情，对父亲更加体贴孝顺了。"

每年清明节，他给母亲扫墓的时候，都会潸然泪下，泪水中充满对亡母的愧疚和痛惜。在他心里一直有个假设，如果自己工作不是那么忙，就不会对母亲再三的提醒麻木不仁，也不至于半年后才确诊患了脑瘤。如果不是长那么大，手术后效果就会好很多倍，母亲也许直到现在还好好地活着，享受着子女的孝道，颐养天年，可这一切都成了永远不能弥补的过去。

为了祁兴磊育种事业默默付出的家人，还有他的二弟祁兴山。高中毕业后就成为赊湾乡兽医站一名防疫员的兴山，经过多年的摸索，已经能够给牲畜看病拿药，是远近有名的兽医。在育种关键时刻的2005年，人工授精需要尽快开展，可是羊册改良站的技术员高文山退休，站里的年轻人不愿意干这个事情。祁兴磊一下就想到了二弟。天天与牲畜打交道的兴山咋不知道，哥哥让他干的这个活，首先是为种公牛制作冻精，每隔29天左右就需要做一次人工取精，将这份牛的精液经过离心沉淀稀释平衡后分成100粒左右，再骑着自行车走村串户，给母牛授精。

放弃原本熟悉的工作，到羊册干不受人待见的"脏活"，祁兴山虽然碍于长兄的威严不敢直接拒绝，可还是绕弯说，听说其他年轻人都不愿意干这个，自己老本行是给牲畜看病拿药，重新学习不一定能干好。

弟弟的这番话让祁兴磊想到很多，是啊，本来和牲畜打交道就是个累活脏活，加上这些年育种需要频繁进行人工授精，羊册改良站的年轻人对象都不好找，成了有名的光棍集体。老站长周万方的爱人生病去世后一直未娶，别人嫌他干的活脏，刘老八等5人终身未娶。当时的群众称羊册改良站为配种站，大姑娘听说谁在这里上班就躲得远远的。20世纪80年代，分到羊册改良站一个驻马店农校毕业的学生祁宝庆，勉强在站里待了8个月就不愿意干了，跳槽到县统计局，后来当了县统计局副局长。

还有当时和祁兴磊一块分到县畜牧兽医工作站的，有一个叫江广民的河南农大毕业生，工作没多久就外出做生意去了，很快就挣了几万元钱。临走，江广民对祁兴磊说："在大学里学这几年知识就让我量牛，干这个活没啥出息。"他外出做饲料生意，很快就发家致富奔小康了。

看着弟弟不情愿的表情，祁兴磊心头涌上些许愧疚："哥也是实在没有其他办法啊，但是我说心里话，人这一辈子不能只图享受升官发财，总是要有点追求，相信哥做的这件事对国家对老百姓有益，而且目前已经到了冲刺阶段，咱们加把劲干到底，就会成功的。"

祁兴磊在家庭中的威信亲人们都感受得到，弟弟接受了，一干就是几十年，至今仍然坚守在畜牧一线，成为一名"天中工匠"。

第五章

日记上的牛精神

□祁兴磊和同事自学育种知识

在祁兴磊长达 30 年的工作中，前后用过的笔记本有 40 多本，经过仔细查看，每天的记录中除了工作几乎找不到关于家人、关于家庭的任何文字。评审会上，大屏幕那一行行文字数据，就是无数个春夏秋冬、严寒酷暑的再现。

四头牛点燃的希望之光

今天是到李岗大队调查的第三天，情况比我想象的还要糟糕。

李岗大队包括 10 个自然村，18 个生产队，546 户，2695 人，总缺粮 37 万斤，现有粮 8 万多斤，实缺粮 29 万多斤，拨给定销粮 9 万多斤。

李岗土桥东队共有 34 户，164 口人，303 亩地，25 头牲畜，特殊困难户有 4 户。

张新来，8 口人，2 头大牲畜，1 头猪，7 间房，夏季收麦 2600 斤，交售公粮 600 斤，秋收 300 斤黄豆，红薯干 700 斤，采药收入 30 元，现存粮 250 斤，麦 100 斤，菜干 100 斤。

沈参义，6 口人，1 头牛，2 个劳力，借人家 400 斤菜干，现存 700 斤红薯干，250 斤麦子，300 斤豆子，6 口人挤在一间房子里，2 床被子，房子破烂不堪。为补贴家用，沈参义带领儿女到山上采药，已经挖有很多药，价值 30 元。

沈业兴，4 口人，现有豆子 100 斤，菜干 100 斤，2 个月前就无麦。现 2 个儿子上山采药，3 间草房漏雨，2 人 1 床被子。

李书恒，7 口人，1 头牛，4 间房，1 个病人，现存豆子 50 斤，菜干 60 斤，年份粮 100 斤，喂头猪死了。几个小孩无棉衣，救济化肥 1 袋，15 元钱。

谢长大队更为严重，断炊的就有 85 户，住房几乎无门。

…………

时隔 30 多年，祁兴磊回忆起来依然泪花闪烁："你都想象不出，当时的老百姓穷成什么样子。"

那天，我和乡党委书记江凤林一起，冒雪到下碑寺乡郭庄村白沙坡村的田秀江家，之前已经见过太多贫穷的家庭，可田秀江家的现状还是让我震惊了。

田秀江的老婆生病躺在床上一动不动，他的 3 个儿子、1 个女儿都到了成家立业的年龄，可是都在家窝着。大儿子二儿子三儿子都 30 多岁了，女儿也有 24 岁了，由于没棉裤穿只好窝在被子里不起来。屋里的簸箕上摊着一点红薯干，家徒四壁，仅有的一头小牛饿得站都站不起来。山上积雪覆盖，骨瘦如柴的小牛只能啃食雪上的一点干草。

"几个人抬着，小牛才能够勉强站立起来，然后一颠一颠地跟着田秀江的小儿子上山吃草。"祁兴磊回忆，田家 6 口人分了 15.5 亩地，只种了 5 亩麦子，田秀江哭诉称自家没有牛犁地，更没有麦种。

揭开田秀江家的锅盖，锅里放着半碗红薯干，闻着一股霉味，看到这种情况，祁兴磊直接问一同走访的江凤林："江书记，恁穷的户，怎么没救济？"

"早就救济了，上面给的救济粮第一个都给他家了，无奈他家人口多，又都是年轻人，能吃，三下两下都吃完了。"江书记无奈地说。

祁兴磊了解到白沙坡村到了结婚年龄的男孩九成都没有娶亲，田秀江家准备用自己的女儿跟有女孩的人家换一个儿媳妇。

到底有没有办法让农民解决最基本的温饱问题，祁兴磊和乡干部一起给田秀江家安排好救济口粮后，开始在当地更加广泛地走访调查。

1983 年 2 月 8 日

今天到铜山乡羊进冲村，发现一个叫张万春的村民家庭生活殷实。原因是他家养了 1 头驴、4 头牛、20 只山羊。每年他能卖出去五六只羊、1 头牛，庄稼地里的累活驴子、黄牛都能代替，父母、儿子 4 口人吃穿不愁，老百姓眼里张万春就是个财主，他养的牲口就是一个小金库。

数天的走访，今天看到了希望，俗话说，"穷没根，富没苗"。只要你奋斗，都有机会摆脱穷困，走上富裕的道路。这条路就是饲养牲畜，泌阳荒山坡较多，天然饲料丰富，老百姓又有养殖的历史习惯，应该是摆脱贫穷最好的途径。

学畜牧专业的祁兴磊那一刻肯定充满了兴奋，通过自己的专长让一方老百姓解决温饱，刚满 22 岁的青春少年，在那一刻似乎奠定了自己的人生方向。

说干就干，祁兴磊当即决定去整理张万春的典型材料，让他参加 1983 年河南省农业成果展览。那时候养牲畜的农户几乎都是他的朋友。听说谁家养有牲畜，他都会去看一看。可是，那天祁兴磊心情格外不一样，至今回忆起来依然历历在目：那是春日的下午，漫山遍野的桃花、金黄的油菜花、迎春花，还有洁白的油桐花，空气中是醉人的芳香。祁兴磊不用打听，就蹲在张万春放羊回来的必经之路上。

放牧归来

远远地，看到有一个 30 岁出头的年轻人赶着一群羊从山坡上下来，祁兴磊迎上前去：

"万春，咱得好好聊聊，让你当个典型。"

"我这水平？"张万春当然吃惊。

"你能看住这么多牲口，养活全家人，就是能人、功臣。我先问你，这么多牛、羊，一个人顾得过来吗？"

"这家伙好养，天天放出去自己吃就是了。"

"喂不喂麦麸？"

听祁兴磊这样问，张万春毫不客气地说："舍不得啊，可是碰上大冬天牲口出不去，有时牲口病了，还是要加点好东西。说来别笑话，我们家的刷锅洗碗水都舍不得倒，牲口喝了长膘，穷家得有穷养法。"

"好啊，就把你的那个穷养法好好给我说说。"

祁兴磊向江西客户介绍饲养技术

当晚，祁兴磊就住在张万春家，把他家的畜舍、饲料垛看个遍，告诉万春如何改进，同时教会他如何防疫，遇到牛羊常见病怎么治疗。两个人谈得很投机。

那晚月明星稀，听着牲口均匀的咀嚼声音，站在亮堂堂的院子里，祁兴磊再一次想到田秀江家徒四壁的场景。

当时的救灾工作口号是一定让灾民春节吃上饺子。补贴是按人头标准，每个人每天 8 两的红薯干、玉米、蜀黍，就这还得掏钱买，乡里为了解决田秀江的特贫问题，把腊月、正月两个月的口粮，还有救济款一块给他家，方便他们去领救济粮的时候不用掏钱了。然而两个月后，祁兴磊再次来到田秀江家，看到田的老婆生病躺在床上，不停地呻吟着，脸上瘦得皮包骨头，指甲里面藏满污垢。屋里还是只有一点红薯干。

"孩子们呢？"祁兴磊问。

"大孩二孩要饭还没有回来，闺女到亲戚家帮工好挣口热饭吃。小儿子放牛去了。"田秀江说。

祁兴磊了解到，春节前几个孩子饿，领来救济粮后就大吃特吃，两个月的粮食一个月就吃光了。

走在回去的路上，祁兴磊在思考着极贫人家的处境，只顾眼前，没有长远打算，如果省着点吃的话，两个月的口粮完全可以吃到两个半月甚至更长时间，可是这家人饿怕了，根本无暇考虑得这么长远。如何让处于贫困线下的农户真正脱贫致富，不仅仅要输血，还要让他们自己造血。他一定要用自己的研究，培育出长得快、卖钱多的肉牛新品种，让农户家家户户依靠养殖业养家糊口，甚至发家致富。

朴素的愿望很快变成行动，张万春家的经验被县里作为救济贫困户的首选方法。祁兴磊也成了张万春家的常客，一直到1988年接受省畜牧局的南阳牛导入夏洛来牛杂交育种项目，羊进冲村已经发展多家养殖户。祁兴磊又把他家作为样板，告诉他山区以放牧为主，养殖效果并不好，牛羊吃的草嫩营养不足，膘情差，出售时价格低。再加上牛在山区没改良，只有冷配人工授精，才能下好牛犊，生一个好牛犊可以多挣几百块钱，这可不是小数目。

为了帮助张万春享受到为牛人工授精带来的好处，祁兴磊特意安排铜山乡冷配站的工作人员积极帮助农户为牛配种。张万春第一次走出大山，牵着母牛来到冷配点为母牛配种。他生平第一次见到了人工为牛配种的场面，直到很多年后，张万春还对当年那个青涩的毛头小伙子骑着自行车下乡宣传畜牧知识的场景念念不忘，更把当年祁局长下乡寻找他这个养殖大户的事情记在心里，把祁兴磊的话也记在了心里。他主动帮助乡亲搞好养殖，有的村民没钱买羊羔，就赊欠他的，一直到把羊出售后才把本钱给他。他觉得乡里乡亲的就应该相互帮忙，一家富裕不算富，大家富才是真正的富。如今村里养殖大户比比皆是，大家感谢万春时，他心里清楚那是祁兴磊的指引，然而，他也没有想到，当时年轻的祁兴磊，在他家畜棚萌发的朴素誓言，会成为以后 30 年生生不息的动力，成为辉煌的现实。

赛牛会

赛牛会一直是夏南牛攻关项目的一个秘密武器。

1990 年 11 月 6 日，在羊册召开的赛牛会规模并不大，只有 60 头牛参赛，当时的名称为"黄牛改良评比表彰会"。

当日上午 10 时，会场两个高音喇叭播放着《百鸟朝凤》，一头头改良牛被主人牵着缓缓进入会场，农户脸上按捺不住的笑意感染着围观的群众。人们挤在一头头披红戴花的杂交牛前看戏一样打量着，啧啧称赞。

"各位领导和同志们，我县黄牛改良表彰会在这里召开了，首先请允许我代表县委、县政府向亲临会议指导工作的地区领导和畜牧专家表示热烈的欢迎！向评出的 17 名黄牛改良先进个人和 17 个获奖的优质改良牛的畜主表示热烈的祝贺！向参加会议的所有黄牛改良工作者和广大养牛大户表示衷心的感谢！

"同志们，我们泌阳县是全国著名的五大良种牛之一——'南阳牛'的集中产区。群众素有养大牛、养好牛的历史习惯，并积累了丰富的养牛经验，早在 20 世纪 60 年代初就被农业部确定为全国十个大牲畜繁殖基地县之一，特别是党的十一届三中全会以来，各项富民政策深入人心，使我县牧坡宽广、水草丰盛的畜牧资源优势得到充分发挥，广大群众发展畜牧的积极性空前高涨，尤其是养牛业发展更快，去年年底黄牛存栏居全省之首……"

此时的祁兴磊神采飞扬，嗓门洪亮，只有他知道，为了眼前的场景，走过多少路，洒了多少汗。

1988 年 5 月 6 日

项目开展两年，证明了用夏洛来牛改良黄牛效果好，杂交优势明显，养牛户也欢迎。我们没有大型养殖场，怎样从散落在千家万户的杂交牛里面，挑出最符合条件的种牛，需要一种形式，可考虑恢复镇上曾经搞过的赛牛大会。

1988 年 6 月 2 日

赛牛会得到大家的认可，可是显然增加了工作量，需要我们初步调研那些好牛在哪里，动员他们的主人参赛。好在人工授精的牛有记录，我们要一家一户去看看。

1988 年 11 月 2 日

普查改良牛工作开展大半年了，大部分农户配合，也有一些农户有误解，今天到的这头牛是我带人进行授精杂交的，快两年了，各项指标都不错。主人却以为参赛会被公家征用，犹犹豫豫不答应，我保证他的牛比赛完就回家，还说拿奖金可能性很大，这才答应下来。返回天都黑了，还起风了，自行车蹬起来都吃力，到家衬衣都湿透了。对，记住明天开会，给大家说说，去掉养牛户的顾虑。

1990 年 11 月 6 日

今天，通知参赛的改良后代牛差不多都到了，个个胸深肋圆、背腰宽广，多是双脊背，后躯发育丰满，生长迅速。这是最好的事实见证，充分说明用夏洛来牛同南阳牛进行导血改良是最好的杂交组合，这是黄牛改良工作成功之举的第一步，县里充分肯定这是发展养牛业的希望之路，是振兴农村经济的有益尝试，是科技兴牧的最佳探索，其投资小、见效快、收益大，生产实用性强，应在全县大力推广，加快黄牛改良步伐，提高养牛的经济效益。

祁兴磊回忆，60 头膘肥体壮的改良黄牛，依次排满会场，叫声

"哞哞"，鞭花脆响，一派喜人景象。由县农牧局党组书记、局长孟献国宣布黄牛改良评比表彰会议开始，由兽医专家、技术人员组成的评比小组，对所有参评的牛进行鉴定，最后分 3 个等级，评出 2 个一等奖、5 个二等奖、10 个三等奖，分别奖励现金 50 元、30 元、20 元和奖状、奖品；鼓励奖 35 名，每头牛的主人获得 5 元钱的误工补助。

而评出的获奖杂交牛成为祁兴磊等人的攻坚对象，通过它们的后代，培育出更加优良的个体。

9 年之后，在 1999 年 11 月 28 日，羊册镇举办的夏南回交牛赛牛会上，牛群已达到上千头，五里王村张兰合家 4 岁半的反回交牛夺得特等奖，为主人拿回永久牌自行车一辆，成为轰动一时的事件。而在这次赛牛会上，泌阳县破天荒地来了一群养牛界的专家，包括西北农林科技大学博士、全国地方良种黄牛育种委员会副秘书长昝林森，省畜牧局局长史孝孔，省畜牧局总畜牧兽医师、副局长王大志等。当时参加赛牛会的群众并不知道这些不远千里到来的专家是来给牛把脉的，他们的到来关乎这个项目的生死和前途。

这是一个生死攸关的赛牛会。没有这次现场调查，很多专家会因为看不到真正的杂交牛而无法提出具体的改良措施，从而导致这个项目无疾而终，也就不会在肉牛改良的历史上诞生奇迹。

同样，在 2007 年召开的新品种审定赛牛会吸引了专家组成员的目光，他们怀揣着对事业的忠诚和惯有的挑剔和严格，冲着新品种牛挑毛病来的，可是一到现场，很多专家都惊呆了。他们不敢相信在这里，在山一重水一重的山旮旯里，通过县级技术人员的力量居然能够培育出这么神奇的一群牛。

"兴磊，你们很了不起！"

据祁兴磊回忆，由于组织得当，农户参加赛牛会的积极性空前提高，一场场赛牛会对急于通过杂交牛增加收入的农户来说，堪比那些身穿比基尼的世界小姐吸引他们的目光。他们不顾奔波劳顿，一大早就将牛带到比赛现场，谁家的牛吸引的群众最多，农户的心中就像吃了一块喜糖一样，美滋滋、甜丝丝的。

对于参加赛牛会的农户来说，这是一个幸福的日子。对于祁兴磊他们，一次次赛牛就是一个个临时大型饲养场，通过群体对比，发现好牛，选好育种牛，让项目少走弯路，早日成功。

倒计时一百天

2006年9月28日　在驻马店参加全国东西合作会的间隙，制作申报肉牛新品种的宣传册，晚上还在核对，等着李廷来局长最后定稿。

10月1日　上午参加梅冠宇、谢丽娟婚礼，下午到羊册改良站给种公牛打耳标。

2日　到羊册镇政府向王庆怀书记汇报，请其配合选牛。王书记当即答应陪同，第一站就是郭明吴村，标准就是要符合品种特征特性，年龄在6岁以内，选择范围以羊册为中心的5公里以内，包括郭集、泰山、黄山、官庄，选择那些毛色纯正、体型好，外血含量35%的牛。

3—4日　同测量组人员分别到陶庄、小下陶、五里王、砖台李村测量牛。4日夜晚回到泌阳。

5日　向李廷来局长汇报羊册情况，督办内部材料整理情况。

6日　农历八月十五日到单位上班，审查。

7日　同李局长、建武去郭集给魏清良吊孝，晚上送建华、凤鹏到羊册测量选牛。

8日　同清斌、庆钊、李亚男到驻马店，后同清斌等到郑州。

9日　分别同李站长、茹站长、高老师谈项目准备和下步打算。拟定材料准备好后，同省站一块去北京见全国畜牧总站徐桂芳处长征求意见，再拟定邀请人员名单。下午6时回泌阳。

10日　上午同清斌、之保去付庄查看规划改良中心站建设情况。选址东西30米、南北48米。

11日　召开全体会，讲明项目工作进入倒计时，一天也不能拖了，大家要分工负责，突出重点。

12 日　写泌阳牛标准。

13 日　修改项目材料，组织人员加班加点校对。

14 日　上午安排人员认真打印校对材料，随后同李局长一同到铜山乡邓庄、缸窑、羊进冲，查看牛、猪生产情况，下午与李局长回泌后加班。

15 日　上午处理财务工作，下午督办材料整理工作，晚上同李局长到驻马店。

17 日　早上同王建华县长一行去郑，上午同李、茹站长及冯局长商量材料，冯讲省局全力支持，应了解部领导意图，找徐桂芳处长等汇报。12 时 50 分乘飞机，向徐桂芳、许尚忠汇报项目。

…………

25 日　到郑州见岳处长，谈项目建设情况。

中国畜牧业协会牛业分会许尚忠会长（左2）
和全国畜牧总站徐桂芳处长（右3）考察夏南牛

26 日　再见岳处长，下午谈项目有关事宜，指出横交四代牛的问题一定要清楚，决定高腾云、茹宝瑞近期到泌阳一趟现场指导工作，做好牛的调查处理和现场准备工作，迎接徐桂芳、许尚忠的到来。

…………

这是部里决定 2007 年 1 月 8 日召开泌阳牛（夏南牛）现场审定会后祁兴磊的日记摘抄。那时，老祁如上紧的发条不舍昼夜地连轴转着，他深知，寒来暑往，春华秋实，经历了岁月的打磨及时间与汗水的沉淀，项目组的所有努力都将在这天一锤定音。祁兴磊忐忑紧张的心情从这些记录在本上的几行小字上跃然而出。他设想过无数次的成功场景，不过他对眼前的成败并没有太多的奢望，成功审定的巨大诱惑在向他招手，没有人知道这个每天从泌阳县城花园街道的一栋两层小楼里走出后步行的"老头"目标在何方。如果不是唾手可得的成功就在眼前，他也不知道自己还要在理想的夜幕下行多久，才能够拨云见日，敞开胸怀，像面朝大海春暖花开一样。

就像花朵如此娇艳，无人知道它曾经的栉风沐雨艰难打苞成长的过往与艰辛。他迈向评审集结地的脚步匆匆，然而又如灌入铅水一样沉重。

这个项目凝聚了多少人的心血，堆积如山的资料是多少同事抚摸过、多少个夜晚灯光的杰作。想起来远在乡下的羊册改良站的老职工终身未娶郁郁寡欢只能对牛谈心的剪影，想起来隆冬大雪天气屋檐寻食的麻雀与晨钟暮鼓和鸣，想起来泌水倒流的奇观让这方水土的百姓引以为豪了数千年。时光如白驹过隙，岁月如阳光从指缝间滑去；人生追求永无止境，任凭花开花谢草长莺飞。

关键时刻，在 2006 年 9 月 2 日，全县召开的泌阳县发展现代畜牧业及秋冬重大动物疫病防控工作会上，祁兴磊听到一个让他吃惊的消息：单位马上就要进行机构改革了！这个时候进行改革，人员的心态肯定会受到影响，夏南牛技术组的同志们无一例外，同样要经历双向选择等关乎自身利益的改革，对于恨不得把一天当作两天用的评审前期，这无疑会受到大的影响。

他决定召开"新品种筹备工作"审定 100 天倒计时动员大会。

项目回顾：从 1986 年以羊册家畜改良站为基地开始的品种培育，到 2006 年实现培育计划目标，20 年寒来暑往三代人的心血汗水，未来展望：中国没有肉牛品种的困惑，广大农村的脱贫目标；优秀个人表决心……会议十分成功，大家铆足劲，表态专心准备攻坚。

会后，祁兴磊特意找到负责材料整理的办公室主任王伟，这位女同志干事泼辣，交给她的任何事从未推诿拈轻怕重过。浩如烟海的资料整理，卡片填写工作多如牛毛，她整理起来有条不紊、得心应手，这些材料将来要摆上评审组的办公桌，直接关系评审结果。开始就职几天前，王伟的丈夫遇到祁兴磊，开口就说："祁局，单位这么多人，找其他人做也行，再说她带着孩子，不适宜加班。"祁兴磊当即给他解释了当下的特殊情况，并希望作为家属的他能够理解。但祁兴磊还是放心不下，又语重心长地告诉小王，畜牧局有多少人为这件事默默付出一辈子心血，到了该结果收获的黄金时刻，绝不能在我们这些人手中泡汤，特别是你这份工作，是笔杆子里出成绩，把这些基础工作做扎实，把总结写好，咱们有可能成为中国肉牛历史上的功臣，不枉前辈为咱们打下的基础。有朝一日，夏南牛发展为中国肉牛产业，这头牛为国家的贡献不可估量。你家里有困难咱们帮助解决，可是，进入办公室就是进入临战状态，一定要讲效率，完成任务。

细心的祁兴磊还举办了登山比赛，凝聚人心，减轻压力。9月26日那天，全局干部职工齐聚铜山脚下，一声发令枪响，大家前呼后拥奋力向前。祁兴磊做第一道关口的裁判，他看到了不分昼夜整理材料的王伟气喘吁吁地从他身旁经过，看到了很少外出的羊册改良站的祁兴山满头大汗地从他身旁经过，他也看到了许许多多的同事，他们脸上绽放出笑容，尽管满脸是汗却大步朝着铜山金顶爬去。

这座山，考验着一班人的体力与意志力，而攀登中国肉牛史上的这座看不见的高峰，同样考验着这班人的恒心和执行力。

之后的许多天，畜牧局办公大楼犹如高速运转的一部机器，每一个数据的计算核对，每一张卡片的完善补充，每一份档案的留存与分类，事无巨细。工作人员通宵达旦，很多人都是踏着晨曦，打着哈欠走出畜牧局的大门到附近的小吃摊吃早餐，然后又回到办公室继续伏案工作。犹如一头头不知疲倦的黄牛，躬耕在肥沃的田野上。那里朝霞满天，一轮红日正从东方喷薄而出，照亮整个天空。

冲　刺

　　2006 年 11 月 1 日　今天畜牧局召开的民主生活会上，自我剖析有烦躁疲倦思想。原因是在机构改革中，还是一些人不愿意到乡下上班，强调有困难，我协调上面领导做工作，同时接到省局电话，需要补充材料。我通知王伟、宝生、李静、候冰这些同志开会，商议申报资料，同时为了安抚奋战在一线的同志不至于因为机构改革影响工作，一趟一趟往局长办公室跑，为他们争取最大的机会，真的是身心交瘁。

　　12 月 17 日　畜牧局召开党组会议，除宣布后备干部外，明确机构改革的编制，机关一室四股，二级单位 7 个。

　　23 日　畜牧局召开党组会议，开始进行考试并评分，下午 4 时召开党组会，会上我提出选拔人员要体现民意，倾向一线人员。

　　24 日　召开全体人员大会。根据机构改革方案和工作需要，遵照人人有岗原则，改革中要公平公开公正，本着有利工作和城乡统筹原则及本单位优先选择原则进行双向选择：第一步，县直单位先组合；第二步，10 个中心站组合；第三步组织调配。各单位负责人要本着对领导、对同志、对自己负责的态度，严肃、认真地进行组合。全体同志要坦然对待选择，认清自我做好选择，莫要结果出来时后悔。下午，和李局长、王建华副县长到郑州，晚上 10 时 16 分乘坐 T80 次列车到北京。

　　25 日　根据北京有关专家反馈意见修改泌阳牛申报材料。下午拜访徐桂芳处长。晚上与张沅教授、徐桂芳处长、于福清博士等见面。

　　26 日　去中国农科院正式把泌阳牛申报材料交给高云秘书长。

　　27 日　下午 5 时 30 分，在河南省畜禽改良站会议室，李站长、茹宝瑞、王大志、高腾云、小汪、李廷来及祁兴磊参加。高腾云表示，申报以含外血37.5%的品种申报，要把种公牛的8个血统弄清，母牛群1000头以上，包括400头成年四代母牛和500头小母牛；安排泌阳县负责屠宰实验，包括两头牛，其中一头为育肥牛，另外一头为散养牛。王大志负责申报书定稿。

2007年1月8日　今天是一个非常紧张而又温暖的日子。今天，对于本人而言，是近20年工作成绩的检验；对于科技人员讲，是工作成绩的一次展示；对于各级领导讲，是拓展经济的一种需要；对于泌阳县讲，可能是一个地方品牌的诞生；对于全国来讲，是肉牛发展史上的一个里程碑；对于各位评审专家讲，可能是一次兴奋或失落的体验。情况、心情、结果，都应该是我们所想到的、肯定的。但愿，但愿。

上午8时40分，参加评审的几十名专家领导乘车参观位于羊册的赛牛会盛况。其中包括6名国家级评审专家及省级20多位专家学者。

泌阳县第二届夏南牛选美大赛现场一角

而在此之前的两个小时内，牛群从四面八方赶来，羊册赛牛会现场呈现万牛赛美的壮观场面。一头头新品种的肉牛迈着稳健的步子，一边兴奋哞叫，一边向前走。它们的目的地就是羊册，相传上古时期这里就有围栏养羊的习惯，故名羊册。而位于羊册擂鼓山上，拂去尘封数千年的面纱，一枚枚、一串串玉环般的凹穴竞放异彩，这些开凿在伏羲时代的岩画及棠李沟旁树立的一只高3米的石羊经过考证，其工艺全部是用钝器敲击而成。推测这里在远古时期就有一个专门养羊的部落。

古人的智慧光耀着盘古大地的后裔们，随着时代的变迁，羊册摇身一变，成为全国有名的肉牛之乡。而第一头夏南牛就诞生在这里。冥冥之中似乎在应和着远古的回响，冥冥中总有一个声音在引导着这里的人从普通中挖掘不同，从平凡中创造奇迹。

羊册，是一个诞生奇迹的地方，夏南牛就是对这一论断的最好注解。

当日上午，祁兴磊陪同与会专家测量了10头夏南牛。

11时40分，从羊册回到泌阳盘古宾馆。途中祁兴磊向与会专家讲起了泌阳牛诞生的不易，他说该项目原定10年完成，在市场经济条件下，核心牛群保留难度较大，为适应千家万户开放式育种，实施群选群育的实际需要，经过省内外黄牛育种专家学者研究，及时调整技术线路，制定更加科学合理的育种方向，确定了新品种牛的外血含量为37.5%，经过实践验证，含外血25%、37.5%、50%的三个类别牛中，37.5%外血含量的牛最适合育种目标，因此，成为此次申报的新品种。专家们听了祁兴磊的讲述，对他们在育种过程中遇到的各种困难感同身受。

下午2时30分，在县委2号会议室举行"泌阳牛"品种审定会。会议由于福清博士主持，随后会议由专家组组长张沅主持审定会。王大志局长代表育种组汇报，然后观看《希望的田野》专题片。随后进入专家质疑环节，由王大志和祁兴磊负责对所提问题做解释和回答。最后是专家组审定、评议。

大屏幕上，一行行文字数据从 21 个春夏秋冬中走出来：

长期以来，我国的黄牛以役用为主，并在农村社会生产和经济发展中起着重要的支撑作用，役用需要的选择使牛体型多呈前躯发达，后躯尖斜的"倒三角形"，生长周期长，产肉率低，肉用性能较差。随着农业机械化程度的快速提高，加之市场对肉牛经济的需求增强，黄牛役用性能的需求逐渐下降，黄牛肉用生产性能的需求逐步提高，改良提高其肉用性能势在必行。20 世纪 80 年代初，河南省泌阳县作为首批黄牛人工授精推广试点县，率先建起家畜改良站，开展冷冻精液人工授精技术推广应用工作，利用夏洛来牛冻精改良当地牛，由此形成了大量的夏洛来牛与南阳黄牛的杂牛群，并且在部分母牛中出现了级进杂交和回交牛个体。1988 年，河南省畜牧局组织有关专家，根据"市场需肉牛，群众要效益，地方树品种，国家促育种"的发展理念，经过认真分析论证，提出在泌阳县实施导入夏洛来肉牛血液，改良南阳牛现存缺陷，培育肉牛新品种的战略设想，并制订了导血育种方案，开始了夏南牛培育工作。

根据当地黄牛户养为主、群众自有的生产实际，采用开放式、群选群育的育种方法，历时 21 年，2007 年通过审定。夏南牛培育经历了杂交创新、横交固定和自群繁育三个阶段，相应开展了调查分析、中间试验、肥育试验、屠宰试验等研究。

1986～1994 年为杂交创新阶段。杂交创新分为导入杂交、正反回交和产生理想型三个步骤。产生理想型，即生产第一代含夏洛来牛血 37.5%，含南阳牛血 62.5% 的夏南牛个体。

导入杂交父本选择的是夏洛来牛，主要用南阳、郑州、许昌种公牛站 1747、4430、0931、922、147、040 号等 14 头夏洛来牛冻精颗粒。母本是当地优秀的南阳牛。生产出的杂交牛含夏洛来牛血和南阳牛血各 50%。据统计分析，与南阳牛相比，夏南 F1 牛的 6、12、18、24 月龄公牛、母牛的体高、体斜长、胸围、后腿围 4 项指标和估算体重（估算体重的常数：南阳牛为 10800，杂交牛和自群繁育牛为 11420，以下同）均有明显增加，差异极显著。

对参加回交公、母牛进行严格选择。正、反回交后代牛均含夏洛来牛血 25%，含南阳牛血 75%。对回交牛进行立档建卡，测量数据和统计分析。正、反回交后代公、母牛，初生、6、12、18 月龄及 24 月龄的平均体重均高于同龄、同性别的南阳牛，差异均极为显著。回交牛的体高和体长发育的早熟性均优于南阳牛，以正回交牛更好。不同体尺发育的早熟性存在着异速性。

以杂交一代牛与回交牛之间杂交（部分为 F1 横交牛与 F2 横交牛之间杂交），产生含夏洛来牛血 37.5% 的 F3 牛群。按照不同年龄段对体高、体斜长、胸围、管围、后腿围 5 项指标调查测量后，把初生重和 6、12、18、24 和 36 月龄的估算体重和南阳牛进行对比分析。公牛在初生、6、12、18 月龄 4 个年龄段，含夏洛来牛血 37.5% 的杂交牛均优于南阳牛，差异均极为显著；18 月龄平均体重达 400kg，比南阳牛高出 146kg，提高 57.7%。母牛在初生、6、12、18、24、36 月龄 6 个年龄段，含夏洛来牛血 37.5% 的母牛均优于南阳牛，差异均极为显著；24 月龄母牛平均体重高出南阳牛 100kg，提高了 34%。

1995 年陆续进入横交固定和自群繁育阶段。横交固定阶段是选择含夏洛来牛血37.5%的优秀公、母牛个体进行横交。以血统、外貌和体重3项指标选择优秀个体，以体重为主进行严格选择，要求肉用特征明显。公牛是从核心群母牛的后代中筛选产生，部分由羊册家畜改良站饲养，用于采精制颗粒，部分饲养在其他家畜改良站点。农户饲养经鉴定、建档、纳入基础母牛群。基础群和核心群母牛相对固定，按其后代表现优劣进行适当调整。通过选种选配，自群繁育，各代牛随代次升高，体尺、体重均有所提高。

为检验夏南牛遗传的稳定性，在泌阳县黄山口乡、杨家集乡、春水镇进行了中间试验。对试验组和对照组的后代牛进行体型外貌调查和连续测量。从后代表现及毛色等外貌特征来看，遗传性较为稳定。试验组调查650头，建卡测量500头；对照组调查320头，建卡测量300头。结果显示，试验组后代牛的初生、6、12、18月龄体重与南阳牛相比，均优于南阳牛（差异极显著）。18月龄公牛体重为387.13kg，比南阳牛提高52.5%；18月龄母牛体重为337.62kg，比南阳牛提高了35.5%。

夏南牛是以法国夏洛来牛为父本、我国地方品种南阳牛为母本，利用杂交创新、横交固定和自群繁育培育而成的肉用牛新品种。夏南牛含南阳牛血62.5%、夏洛来牛血37.5%。夏南牛是一个专用肉牛品种，是我国第一个具有自主知识产权的肉牛品种。夏南牛培育项目始于1986年，1988年由河南省畜牧局立项，是河南省畜牧局根据市场需求、国家需要确定的4个肉牛新品种育种项目之一。

夏南牛培育历时21年，集中了河南省畜牧局、驻马店市畜牧局和泌阳县畜牧局3代人几十余位科研人员的智慧和汗水。

平实的文字、原始的记录，换来的是满意的目光、热烈的掌声。于福清博士宣布专家组的审定意见，夏南牛培育项目顺利通过现场审定。

在祁兴磊长达 30 年的工作中，前后用过的笔记本有 40 多本，经过仔细查看，每天他记录下的除了工作几乎找不到他关于家人、关于家庭的任何记录和感想。

他的独子从上托儿所到去国外读大学，祁兴磊都是甩手掌柜，一切事宜都由妻子打理。儿子生活如何、学业如何？这些普通父亲都很关心的事情，却独独入不了祁兴磊的眼睛。不是他不想关心，而是每天睁开眼，无数的工作就铺天盖地而来，整年的奔波，无论是到鸡鸣狗吠的乡下，还是夜晚乘坐发往郑州、北京、西安的列车，他都把一日当成两日用，把一年当成两年使，他的付出埋没于夜幕的路灯下，淹没于浩如烟海的申报材料中，直到 2007 年 1 月 8 日，焕发出让世界瞩目的光彩。

第六章

牛人心声

□祁兴磊给科研人员传授技术

夏南牛的培育经历了六任县长、九任畜牧局局长，这些地方官员上任伊始就会主动调研畜牧局干的这件大事，在资金、人员上给予扶持。上一任畜牧局局长卸任前都会无一例外地对下一任局长交代：祁兴磊是一个能干事创业的人。

　　夏南牛育种时间漫长，是一茬茬基层站、场普通技术人员的接力马拉松：师海强、王燕久、高文山、王之保、林凤鹏、吴爱梅、刘保贺、李剑生、梅洛生……让我们以访谈的形式，显现那些已经离开沁阳，或者只能在一张张手工卡片复写纸印出的单据上出现的名字。

泌阳大地上的人类进化史

采访对象：王富兴（2004—2008 年任泌阳县委书记）

采访地点：河南省纪委办公室

采访时间：2021 年 6 月

你们找我了解夏南牛培育情况，我首先想到一件事，前年我到对口扶贫的周口农村，发现养牛业是当地脱贫的有效途径，就着力扶持。到村里具体了解养殖户情况，发现大多数农户饲养的肉牛品种都是夏南牛，我非常高兴。因为夏南牛品种最后评审时，我正担任泌阳县委书记，没想到这个品种现在产生如此良好的效益。

现在回想，夏南牛在泌阳培育成功，有着深厚的历史文化必然性。

外地人到泌阳，印象最深的是当地人开口就说："回来了！"这与人文始祖有着天然联系。

位于泌阳县城南 11 公里的山峰叫盘古山，周围山峦环峙，如同众星拱月，主峰海拔 459 米，山上有"人根之祖"——盘古庙和奶奶庙。每年农历三月三当地都要举办盛大的盘古文化节，寻根拜祖，祭祀人类共同的祖先盘古。

山下的盘古村有 22 个村民小组，2431 口人，分散居住在盘古山周围方圆十几平方公里的山坳里，面积比平原地区的一个乡镇还要大。盘古村境内林木茂盛，古树参天，播鼓台、黑山沟、褚家庄、刘家庄都有许多上百年的古树，均被泌阳县人民政府列为《中国泌阳古树保护名录》，并挂牌保护。盘古村虽然只有 2000 多口人，却有卞姓、门姓、左姓、薛姓、倪姓、单姓、郝姓、姬姓、熊姓、项姓、仲姓、丁姓、田姓、曲姓、任姓、随姓、罗姓、胡姓等百家姓 40 多种，且聚集在盘古山周围居住，这在国内其他地区实属罕见，与当地口口相传的"捏泥造人""滚磨成亲""夫妻互称姊妹俩"的古老神话传说，以及盘古卧像、盘古井、石狮子、盘古爷的石箱子、盘古船、盘古垛等古遗址结合一起，形成了盘古神话传说中人类的发源地。2004 年我到这里工作后，根据全省发展文化产业的战略部署，开始搜集有关资料，申请授予历史名号。此事得到当时的省委书记徐光春的支持。

2006 年农历三月三，盘古山所在的陈庄乡更名为盘古乡，2008 年6 月泌阳盘古文化被国务院公布为国家级非物质文化遗产，盘古村境内的盘古山被中国民间文艺家协会命名为"中国盘古圣地"。

在此期间，我们发现泌阳存有大量上古到农耕时代的岩画，这些岩画以生动的形象，记载了当时先民从猎杀到养育牛羊牲畜的画面。人类进化史，某种程度就是从采摘到种植，从猎杀到驯养的农耕文明史。泌阳这块土地，承载了盘古开天地的传说，也必然担当了牛这个畜种从驯养役用到现代化社会背景下成为食用为主、中国人需要自己最好肉牛品种的历史重任。

21 世纪初的泌阳，呈现出与发展牛业的天然机缘。当时，县委、县政府提出四项方针：生态立县，特色富县，工业强县，科教兴县。

第一个是生态立县。好山好水是泌阳特色，是未来发展的绝对优势。在有关会议上我就讲"金山银山离不开绿水青山"，因为泌阳不仅有铁矿，还种植香菇，砍木头伐树开矿都会有破坏。我强调把保护生态环境、好山好水好树好林写进法规文件。我和大家说，咱们现在看着没什么作用，随着时间的推移就会发现这些东西多宝贵，生态环境不可以复制，好山好水吸引人来投资、来居住，这是我们泌阳最大的资源，是我们泌阳的名片。由于保护有效，2005年环保部在四川召开全国表彰会，我们的生态环境保护工作获奖。

第二个是特色富县。我们必须立足当地资源优势才能面向市场。泌阳总体格局是"五山一水四分田"。境内伏牛山与大别山两大山脉交会，长江与淮河两大水系相分流，属亚热带与暖温带过渡地带，四季分明，雨量充沛，光照时数长，有霜期短，年平均气温14.6°C，年降水量960毫米。优美的自然环境和优越的气候特征，成就了泌阳先祖养成并传承至今的畜牧业得天独厚的基础。而当时的中国市场牛肉缺口很大，我们确立了"市场需肉牛，群众要效益，地方树品种，国家促育种"的发展理念。

第三个是工业强县。一个县没有工业支撑是不行的。第一次召开全县干部大会，我就重点讲这个问题。第一次外出考察，我就组织大家看附近县区的工业发展现状，不能去发达地区，只能看同样经济基础的地方，人家能干的，咱们都干不了吗？特别是夏南牛通过评审后，我们以此为招牌，进行招商引资，当时就有两家实力很强的房地产商过来考察，发展养殖屠宰加工，以此实现转型，为如今泌阳大力发展大见成效的"夏南牛"经济打下了基础。

第四个是科教兴县。我上任不久就发现泌阳人爱读书，小孩满月酒席上要有书，老人下葬的时候墓地里必须放两本书，这么良好的习惯我们立即应用到实际，很快集中到夏南牛的养殖技术上，一般群众都知道青贮发酵方法、人工授精时间、牛病怎样防治，这也是后来夏南牛快速顺利发展的重要因素。

四大战略实施过程中，养牛业逐渐凸显出来，县委、县政府在当时财政比较困难的情况下，对夏南牛拨付专项资金扶持，同时建议他们重视两项工作，一是搞好资料积累，原始资料是将来评审的权威依据，再是积极联系专家进行专业指导。专家来到后看了资料，我陪他们参加了赛牛会，还屠宰了一头成品牛，查看化验各个部位的品质。结

品鉴牛肉质量现场

果专家们赞不绝口，特别令他们没有想到的是泌阳的养殖规模如此之大，漫山遍野的牛群，赛牛会上几千头膘肥体壮的夏南品牌成牛，外观统一，体格健壮。这些专家个个内行，为豫南小县有这样的成果激动不已，这让老祁他们更加有信心了。

果然，2007 年的评审一次过关，我们专门召开一次表彰大会。表彰大会之前，县委专门召开了常委会，给祁兴磊团队有功人员记功晋级，发放 60 万元奖金。当时对奖金数额有不同意见，我对大家说，这是一件大事，咱们泌阳培育出了中国第一头肉牛品种，这是破纪录的事情。在第二天庆功大会上，我说祁兴磊靠着一股牛精神，几十年锲而不舍，不求名利，执着为一件事情吃苦受累，光是测量、记录资料和人工授精，双脚都几次被踩断筋骨，老祁堪称是"夏南牛之父"！

评审成功是泌阳人的世界级贡献！台下掌声经久不息。

后来，我听说老祁没有要这笔奖金，他分发给团队，大家也不要，全用到夏南牛的后续工作上了。

采访对象：王怀军（泌阳县副县长、畜牧局原局长）

采访地点：泌阳县畜牧局办公室

采访时间：2021 年 4 月 13 日

牛是人类最早驯化的物种之一。普通牛的驯化大约在公元前 8000 多年前，即新石器时代就开始了。从现有的历史资料考证"黄牛"一词的来源，可以追溯到周时代，在西周时代的《诗经·无羊》文献中，有"谁谓尔无牛，九十其犉"的诗句，"犉"被解释为个头高大的黑唇黄牛，说明当时的牛群以黄色为主。

作为夏南牛母本的南阳牛历史，可追溯到距今 6000 余年的新石器时代或更远些。根据历史学家和考古学家的研究，南阳黄牛的直系祖先是生活于中亚的亚洲原牛。其间经历了狩猎、驯化、驯养的漫长岁月，特别是在人类驯养的环境下，才逐渐分化形成了南阳牛这一品种。考古专家对发掘的牛骨进行考证，在仰韶文化中期河南省淅川县就已有家养的黄牛和水牛。公元前 1500 年前，南阳商业发达，为商贾活动的主要地区之一，畜牧业已发展到较高的阶段，牛已用于运载和乘挽，春秋时代用牛耕地已相当普及，当时的百里奚悉心钻研齐人宁戚所著的《相牛经》，在大半生落魄生涯中蛰居南阳养牛育牛，成为培育南阳牛的鼻祖。从南阳发掘的汉代墓中均发现有牛的画像，说明当时养牛业已相当发达。从南阳汉画像石《走阉图》可以看出 2000 多年前南阳人就已熟练掌握了牛的去势技术，当时该地区养牛业已相当发达，已普遍推广铁犁牛耕，需要很多大体型且温驯的耕牛。

20 世纪 50 年代初期，专家们提出"南阳黄牛"这一品种名称，对南阳黄牛生物学特性、特征、生产性能和发展情况进行了系统考察研究，并撰写了《南阳黄牛研究》专题报告。从此，南阳黄牛的科研、繁育、改良和发展等各项工作得到重视，体格、抗病能力等方面都优于其他品种，因此被选入新品种母本。

实践证明，经过20多年、三代科技人员的共同努力，培育出的国内第一个具有独立自主知识产权的专门化肉牛新品种夏南牛，具有6个优良特性：一是遗传性能稳定，含南阳牛血62.5%，含夏洛来牛血37.5%的遗传一直没有变化；二是耐粗饲，饲料来源广泛，主要以玉米秸、麦秸为主；三是适应性强，全国各地均可饲养；四是生长速度快，12月龄体重可达350kg，18月龄体重可达550kg，日增重2kg；五是出肉率高，18月龄育肥公牛屠宰率62.58%，净肉率52.36%，比地方黄牛高出6—8个百分点；六是肉质好，经国家肉牛牦牛产业技术体系专家对夏南牛屠宰分割证实，20月龄强度育肥的去势夏南牛已能生产出A3级标准的高档牛肉，30月龄时有望达到A4级以上标准。

2013年，南京农业大学彭增其教授团队，对6头17—19月龄夏南牛育肥公牛的西冷和牛霖的主要营养成分进行了分析研究，结果显示：夏南牛西冷和霖肉蛋白质的含量分别为23.28%和22.71%；脂肪含量为2.61%和2.25%，与普通牛肉相比，蛋白质分别高出3.38和2.81个百分点；脂肪分别低了0.82和1.39个百分点。

夏南牛品种成功后，打出品牌的路会更长更艰巨。首先需要发展规模化养殖，牛的役用功能退出后，小家小户不再养牛，目前肉牛整体价格涨幅不大，又存在饲养周期长，占压的资金量大，一般群众拿不出这么多本金，需要政府采取得力政策扶持发展。网络销售、以夏南牛为主的连锁餐饮也是今后发展方向。

跟老祁干活"不累"

采访对象： 高文山（羊册改良站原站长）

采访地点： 郭集镇小陈庄村高文山家中

采访时间： 2016 年 6 月 10 日

我今年 71 岁，1984 年被安排到羊册兽医站上班。

1986 年，我县引进夏洛来牛精液，县农业畜牧局让我们搞科研，那时省里将夏洛来牛的精液冷冻到干冰里，然后卖给我们用于南阳牛的改良。1978 年省里培训，推广冷配技术，我就是在那时候学会了这门技术。

南阳牛与夏洛来牛的杂交后代称"吨牛"，毛色还是南阳黄牛的颜色，就是提高了产肉量，改变了南阳牛的体型。南阳牛屁股小、前胸高，改良后杂交牛屁股宽、前胸厚。

实施项目到第二代，不被人理解。当时用夏洛来牛冷精为南阳母牛配种免费，可仍然没有多少村民愿意让自己家的牛接受，从外面购进来的冻精没有标签，更不用说系谱、血缘，按说应该将几代牛系谱交给我们才能做到心中有数。我家当时也养了两头牛，不过不够。我就找自己家亲戚的牛做实验。我当时就跟媳妇说这是新技术，配上后出生的牛犊就是个好看的混血儿，家人稀奇就同意了。

当时我们每年都走访杂交牛，可是一些村民就将杂交牛出售了。当时数量少，后来二代三代表现就好了，慢慢"吨牛"的名气也就打出去了。这种牛生长快，补饲跟不上去的话，牛身上都是长毛，如果营养充分的话，3 岁以上的公牛能够长到 2000 多斤，母牛长到一千五六百斤。

开始百姓不习惯，牛经纪说这种牛腿粗，我就说这些人没事瞎捣乱，你们先知先觉，没话找话吗？后来就补饲，玉米糁、麸子都按照比例加到料里。随着饲养技术的提高，牛长得很快。后来针对牛出现的问题，对当初的方案进行修改，为这还聘请了3个顾问。

祁兴磊和我们在一块没有架子，都在一个锅里吃饭，一起下乡测量，一块在灯下计算，可以说夏南牛是我们计算出来的。

几个人骑着车子一块干活，说说笑笑也不觉得苦，回到站里抱着一台破收音机听单田芳的评书。打牌？根本没那个空儿。

在大家的共同努力下，1992年肉杂牛达4200多头，南阳唐河推广液冻精氮配种6000头。领导安排你育种，觉得是一件挺光荣的事。

接触这一工作久了，我们一眼就能看出测量对象是几代牛，含外血多少都知道。

我觉得跟着祁兴磊干活不累。他知道下面的人想的是什么。我认为一个人一辈子干成一件事就功德圆满，无愧于自己，无愧于社会，更无愧于自己的党籍。

采访对象：陈山林（基层改良员）

采访地点：泌阳新鑫农民专业合作社

采访时间：2016年6月11日

"文革"期间我就是乡村兽医，我自己一年能为2000头母牛冷配，产牛犊的数量也没有统计过。我是20世纪80年代认识祁局长的，他是我的老朋友。

为了选择好牛，20世纪90年代祁局长在羊册镇郭明吴村唐树湾村举行赛牛会评奖，这是头一批评奖，将架子牛固定好再测量。一等奖奖励 50 元钱，佩戴大红花，十里八乡都来看，养牛户很风光。

我的冷配技术是从泌阳农校学的，回到家后跟着老中医学，再后来就跟着祁局长学。

夏南牛体质好、长得快，开始使用冻精配种，先用温开水将冻精颗粒解冻，可是开始人工配种效果不好，几个月母牛还没有怀上，后来就和祁局长在一块研究，同样是冷配，有的技术员很快就上手，有的学得较慢。杂交牛犊体型好，讨人喜欢。我根据祁局长的安排就寻找能做种公牛的牛犊，以便将来配种用，为了让更多的村民愿意为自家的母牛配种，祁局长就拉着一头种公牛在冷配现场，那是活招牌，吸引很多村民围观。夏南牛后屁股宽、突出、托拉（方言，长得壮实）。

育种站的每头牛都和老祁熟悉

合作社养有 500 头夏南牛，我既是兽医，也是配种员。夏南牛胃口好，麦秸、玉米秆、花生秧、红薯秧都喜欢吃，麦秸 1 斤 3 毛钱，其他的 1 斤 1 毛钱。

采访对象： 陈书强（陈山林的独生儿子、基层配种员）

采访地点： 陈山林家中

采访时间： 2016 年 6 月 11 日

基层就是这样，哪里有实验室、药品室？你看这块牌子，"国家肉牛产业技术体系人工授精示范站（点）"，就挂在我家堂屋里，这个液氮瓶子里面放着冻精，那个挎包里放着兽药，别看破旧，不透水结实耐用，我都用十几年了。

我比我爸强，前几年搞点运输买了辆轿车，比他们那时骑自行车跑得快，每天可以为20多头母牛人工授精。

你问我咋干上这一行，说实话，是受我爸他们的影响。很小的时候，我就看到我爸和祁叔（祁兴磊）一起下乡，走到哪儿都受欢迎，好多人家都是在他们的指导下养了杂交牛，解决温饱走上致富路。虽然午饭常常到下午一两点才吃上，农户也要等着祁叔他们忙完了一起吃。谁家的牛长得好，长得快，他们心里都有数，告诉农户县里即将搞赛牛会，让他们牵着牛到时候赛牛去，得了奖励和奖状，挂在屋里显眼处，全村都羡慕。

泌阳县委书记张树营颁牛王奖

这活儿当然辛苦，测量牛的时候要十分小心，就这也经常被牛蹄子踩住，疼得嗷嗷叫。我最开始学习配种，头两头牛都没有配成功，后来就可以了。如今是这一带老百姓信得过的配种员，去年就配了770头牛，就这还比上年少了，主要原因是现在农村散养户少了，年轻人嫌脏都出去打工，大户饲养场都承包有技术员了。我心里也盼望集中饲养，各种服务防疫、授精、选种也方便多了。

我们这个团队

采访对象：林凤鹏（泌阳县畜牧局副局长、高级畜牧师）

采访地点：恒都公司

采访时间：2016 年 6 月 12 日

我在学校学的是牧医，分配到泌阳县畜牧兽医工作站，这是农牧局的二级机构。当时夏南牛的培育还没有上升到"黄改肉"阶段，直到后来启动南阳牛导入夏洛来牛血液改良项目，这中间有好多年我们在摸索。

开始群众不认可人工授精技术，很多人相信不让牛与牛交配，生一个牛犊后就不会生了，加上用西门塔尔牛与南阳牛杂交生出来的牛犊"白头"，群众不喜欢，后来经过筛选才决定用夏洛来牛与南阳牛杂交。

1987 年，我们花钱从省内种牛站引进夏洛来牛冻精，价格很贵，随后国家有意培育一个自己的肉牛新品种。有计划后就安排每一个配种点做好配种记录，哪一片用哪一头种公牛的冻精都划好范围。陈庄、高店各有一头种公牛列入计划，上级要求弄清楚这种牛与本地牛的区别在哪儿，出生时就要测体重，6、12、18、24 个月龄都要测量牛的体尺、体重等数据。

为鼓励群众养这种杂交牛就举行比赛，群众看到这个牛确实比当地牛好，就慢慢接受了。冷配被群众称为"掏牛屁股"，很脏很累。我们和祁兴磊一起下去测量的时候，牛来回动，不让测量，把牛拴在树上再小心测量，就这样经常被牛踢、被狗咬成了家常便饭。从理论上讲一头母牛一年只能生一头牛犊,一胎只能怀一个,一代一代做起来非常不容易。

遇到育种瓶颈后就慢慢调整完善,按照原计划含外血25%的牛看着不理想,1997年请来专家许尚东等人来先期论证,直到1999年才改变原来的计划,将含外血25%的技术路线变成含外血37.5%的技术路线。又经过10年的辛勤培育,经过4个几代次横交固定,终于培育出理想的夏南牛,到2007年正式通过国家审定。

其实当初社会上有很多误解,一说和牛打交道人家看不起,说没个啥出息,没个啥干头,可是我们不这样认为。

我一生最高兴的事就是夏南牛通过国家审定的那一刻,我真的很自豪,多年的付出没有白费,跟着祁局长干有奔头。

下乡路上,祁兴磊随时与养牛户交谈

回想起那些年没日没夜地干活,我们下乡采集数据,乡下不通公交车就骑着自行车去,几个人走到郊外一个坡下,其中一人喊着:"看谁最先骑到上面!"简直是一呼百应,几个人铆足劲儿撒开欢儿拼命骑着车子爬坡,虽然累得满头大汗,可也算作苦中作乐。大家兴奋得不停说说笑笑,欢笑声伴随一路。

我负责数据测量整理工作和方案制订后的具体实施。执行力非常重要,领导指派后都不讲条件不折不扣地完成,不让工作烂在自己手里,哪一天活没干完晚上就睡不着觉,这是我们这代人的"通病"。

我们当时进行数据分析计算,用最简单的计算器计算数据,点错一个数就得重来，所以干任何事都马虎不得。

后来，我们通过实践得出一个结论，良种还得良方去喂养才能收到事半功倍的效果，每天用多少料喂牛，要合理搭配，分析料里的维生素、蛋白质含量，及时调整方案。一般的牛病都难不倒我们。

在饲养管理方面，原来农村都是放养，现在搞规模化饲养，是一天两顿还是三顿好？这需要我们去摸索。让老百姓吃上安全放心的牛肉是我们的不懈追求。为培养高档肉牛，我们优中选优，高档牛肉的高档部位营养价值高，而夏南牛新品种经过分析肌纤维粗，生产雪花肉的能力差。面对这一情况我们及时调整方案，要知道高档雪花牛肉一公斤2000元以上，一头牛出高档部位牛肉20—30公斤，光这几块肉卖出的钱就比整个牛卖的钱还多。所以我们都在朝着这个方面努力。

就夏南牛而言，当时我们认为这件事有可能办成，也可能办不成。我们这帮人就一味地干，不言放弃，遇到问题调整后按照新方案继续干，是不是能出结果不去想，直到培育出理想牛为止。

种公牛两三年就得淘汰，年龄大了产精性能不稳定，目前四五万头公母牛都换了。为节约成本，我们就观察哪种饲料成本最低，最好观察牛粪，看看消化情况。目标定好就脚踏实地去干，科技工作者做研究不要轻言放弃，那样终究一生碌碌无为。我们这个团队是一个干事创业的团队，团结协作搞得好，共同经历风雨，共同享受成果。

采访对象：李廷来（泌阳县农办主任、畜牧局原局长）
采访地点：泌阳县人民政府
采访时间：2016 年 6 月 13 日

培育夏南牛需要一股劲一股精神。这种精神就是持之以恒的干劲、勇往直前的闯劲、百折不挠的拼劲、乐观向上的心态和不求回报的胸襟。

在县委、县政府召开的夏南牛表彰大会上，很多人都上台领奖，大家不为名利，走到一起就是一家人，我们这个团队凝聚力非常强。

我们目前正抢抓机遇，大力发展肉牛经济。县委、县政府加大宣传力度引进龙头企业，夏南牛工业园是驻马店3个项目之一，也是全省4个重点龙头企业之一。要迅速做大做强，把育牛精神继续发扬光大。

在我眼里，祁兴磊是育牛队伍的核心，他执着拼搏，遇到困难敢于担当，让我由衷敬佩。这也是我始终愿意把祁兴磊往前推的原因。

原来泌阳农村养牛很普遍，目前呈现下降趋势。我们应该站在国家层面思考这一问题，这是国家战略问题，体现一个民族的兴旺发达。国外开展一杯奶运动，外国人吃牛肉、喝牛奶，体质比国人普遍要好，这里有更深层次的意义。

泌阳县第三届夏南牛比赛大会参赛牛群一瞥

2007年通过国家评审后，我们聘请一个专家团队，抢抓机遇，组织赛牛会。上百里的牛都被农户牵来了，专家看到6000多头牛整齐划一、毛色一致，他们兴奋，我们也有底气。

专家观摩后啧啧称赞，称我们这是"哞哞叫"的产业。

随后，我们制定夏南牛国家标准，让它像泌阳花菇一样，成为入市的通行证，夏南牛国家标准的出台对中国肉牛业发展意义重大。

"为人当于世有益，万事求其心所安。"这是我请人写下的，也是我多年心态的写照。

采访对象：王建华（泌阳县人民政府党组副书记、副县长）

采访地点：泌阳县人民政府

采访时间：2016 年 6 月 14 日

夏南牛培育过程十分艰辛，21 年如一日。我参与夏南牛培育工作十四五年，一直分管这项工作。我为这个工作，放弃一切升迁机会，几次都放弃县委常委一职，两次到外县，一次在本县。如果抓这个工作的领导经常换人，进度肯定会受到影响，因为从培育到推行这是一个过程。我经历 4 届县委，4 个县委书记。只要你肯干事，能干事，干成事，组织和人民都是很清楚的。组织再三找我谈，让我进常委，我思考后主动放弃了。当时市领导栗明伦找我谈，让我到市里挑局委，我不去，目前享受正处级待遇。我再有 5 年就 60 岁了，我这一辈子只干这一件事。

目前，我县夏南牛产业初具雏形，夏南牛产业龙头基地正在成形，产值 20 多个亿，下一步建成夏南牛工业园。未来拉长产业链条，一年递增 100 亿，今后 10 年按照河南省的要求打造千亿级肉牛产业集群。2014 年习近平总书记出席 G20 峰会，中澳双方签订一份协议，澳大利亚每年向我国出口 100 万头活牛，价值约 10 亿澳元（8.56 亿美元），以满足我国不断增长的红肉需要，其中 30 万头牛走进恒都农业集团。

夏南牛特别适合在农村养殖，我们今后 10 年年出栏夏南牛 100 万头，要加强农业合作社的建设，建设饲料基地，制定饲养标准。

过去在最艰难的时候，尤其是评审前那一段时间付出的汗水最多，但我们这个团队经得起考验，圆满完成任务。团队的很多人都奔着这一点来的，人这一辈子能干成多少事儿，有人生出彩的机会就是社会对自己的褒奖。

夏南牛在河南省分布广泛，仅泌阳县就有 30 万头，全国夏南牛突破 100 万头。目前主要输出夏南牛冷冻颗粒，人家买回去就可以配种。目前，广西、甘肃、湖南、湖北、云南、贵州等地都分布有夏南牛。

我和牛的缘分

采访对象：祁兴磊（泌阳县夏南牛科技开发有限公司董事长、全国最美畜牧局副局长）

采访地点：夏南牛科技开发有限公司办公室

采访时间：2021 年 3 月 21 日

　　我在家里是老大，有两个弟弟和一个妹妹，父母和爷爷忙着挣工分，只有奶奶一个人在家照顾几个孩子。奶奶是大家闺秀，嫁给爷爷后却过着最普通的乡村女人生活，无论是儿女还是孙辈的吃穿都被这个小脚老太太打理得井井有条。奶奶从未与人红过脸，老实本分。大集体时候就天天纳鞋底，为刚会走路的孙子擦屎擦尿，从不嫌脏嫌累。实行家庭联产承包责任制后，土地牲口分到各家各户，奶奶一天三顿饭，锅上炒菜，锅下烧柴，呛得咳嗽不止却依旧不离开灶台半步，为的就是能让家里的几个劳力和放学的孙子孙女吃上一口热饭。奶奶活到 94 岁去世后，我才明白，自己的善良都是受到奶奶的影响，我一直把与人为善的种子种在内心深处，眼里只看到美好的东西，即便在最艰苦的时刻也能够看到生活的希望。

　　我打小就和牛有缘分，初中快毕业个头能牵住一头牛时，就开始给队里的牛割草、放牧。我喜欢牛，总是选最好的嫩草，让牛吃饱，能挣 4 个工分，要知道那时候大人一天才挣 8 个工分。

　　后来，我家分到两头牛，我没事就照顾它们，尽管学习繁重，每天放学第一件事还是割猪草，让牛儿吃到新鲜多汁的青草。俺家牛认识我，我走进家门它们就探出头，在我心里，牛就是人类的朋友和家人。它们不管啥时候，需要时就踩在土里泥里水里，默默承受着犁铧和驾驭的千钧压力。因此，看到有人用鞭打牛，我就会愤愤不平，一直觉得牛是上苍赐给我们的有灵性的动物，从小到大，至今我从来没有骑过牛背，更不用说抽打它们。

然而，干现在这一行，却是阴差阳错。

我从小就被老师和家长夸奖聪明，1977 年恢复高考后进入高中，1979 年春，在泌阳县全县高中数理化外语竞赛中成绩排名第八。学业摸底测试，进入了全县前十。这样的成绩考个本科应该是没有问题的。

1979 年，高考恢复后的第三年我当然报名，但是家里发生一件意想不到的事，高考前一天夜里家里来了客人，按照当时的习俗，客人来了要整几盅酒，喝着喝着父亲就与客人干上了，划拳猜枚，一直到夜里12 点多，直接导致我失眠了。第二天，我红着眼睛，哈欠连连，走进武警把守的考场，当天的考试是怎么度过的，怎么走出考场，整个脑袋完全都是蒙的。头天失利，后来失去自信，我心里早就有了预料——彻底考砸了，就每天跟着大人下地为玉米锄草、放牛，一刻也不停歇，内心做好打算准备复读，来年再战。

后来，我收到了信阳农校大专班（信阳农林学院前身）的录取通知书，专业是牧医系——这是一个自己和家人完全不了解的专业，无奈之下，我只好向自己的高中老师咨询专业信息。"那是培养牛兽医的"，老师的这一句话仿若当头一棒，中学阶段我对机械电子类更感兴趣，报考的专业都是与此相关的，从未想过学农。

开学的日子到了，我内心依然被焦虑和烦恼所笼罩，脑海里一次次闪过复读的念头，迟迟不愿去报名。还是爷爷和大姑专门带着我在信阳住了 3 天，让我看到外面的世界，最后进了信阳农校的校园，但是入学的第一学期，心思总是飘忽不定。随着从学校老师和同学那里了解到越来越多有关牧医的专业消息，我才渐渐有了转变。第二学期开学，我就在心底告诉自己，"既来之，则安之"，接受现实，安心学习。然而，真正意识到兽医的重要性，下定决心投身于畜牧业，还要从第二学期结束的那个暑假说起。

那是8月份的一天，邻村的一位大叔牵着一头又小又瘦弱的病牛，找到放假在家的我，一开口就恳求道："俺已经给这头牛找了3位兽医，他们都没有办法治好，这头牛是俺家最主要的家当，干活也全靠它，你是学畜牧兽医的大学生，和咱乡里的'土专家'不一样，一定能帮俺治好这牛的病。"大叔一把抓住了我的手，眼神里充满希望。

那时，我刚刚开始学专业课，从来没有实践过，咋敢接3位医生都没有看好的病牛。只有说出无奈的实话，眼看医治无望，大叔气急败坏："还大学生呢！白学了！"

后来，我听说他的牛死了，一家人围着牛哭了很长时间。在20世纪80年代，一头牛意味着半个家业。负罪感重重地压在我的胸口：要是当时自己有能力把牛的病治好，这个家庭就不会有如此巨大的损失了；要是平时有技术指导，老百姓的牛就不会那么容易生病了……专心学好养牛治病本领为乡亲服务的种子从那时便扎下了根。

新学期开学以后，我完全进入刻苦努力的学习状态之中，踏踏实实地钻研学科知识。当时我们日常做畜牧禽类的解剖实验，很多同学都不愿意去处理动物的排泄物，而我总是抢在前面去做，从不抱怨脏和累。我的动手能力非常强，所以通常都是大家围在后面看着我在老师的指导下做示范。我的实验报告分数在全专业总是最高，笔记也经常作为模板在班里传阅。

校园里的努力很快得到验证，毕业实习期间，我和老师扶庆（今信阳农林学院党委副书记）被分配到平舆县。有一次在万金店乡，村民李俊秀牵着一头牛来找我们。当时的诊断结果是必须手术解决，而且是一个难度系数非常高的手术，通常都要在专业地点，由3个以上专业医师共同完成，可是，那次在老师的带领下，我们两人共同完成了这项手术。手术非常成功，村民专门送了镜框感谢我们。这次手术之后的论文发表在了兽医杂志上。

在老师的指导下，我后来单独动手做了几次难度比较大的兽医手术，这对我以后的实践、进步是一个很大的帮助，对我的动手能力、思想上的开放有很大的推动和促进，也增强了独立治疗的信心。我也是从那个时候起才真正有了团结协作的意识，了解到了团结协作的重要性，这对我以后育种工作团队的配合帮助非常大。

投入求学的时光似乎过得更快，毕业分配时，学校老师找到我希望我留校任教，还说留校指标只有3个，这也是一个学生学业足够优秀的体现，我似乎没有犹豫地选择了回老家做一个兽医。其实那时的想法很直接、很简单，就是家乡的老百姓需要兽医，我有给牲畜治病的本领。另外，我在家排行老大，有照顾年迈父母和弟弟妹妹的责任。

当时很少见到大专学生到县级单位，我拿着报到证明，顺利地到县畜牧兽医站做了一名技术员。

由于单位房子紧张，而我家离单位较近，领导征求意见让我回家住，让那些离家远的同事有个歇脚的地方，我满口答应，没想到很快家里成了"业余兽医院"。

当时农村已实行家庭联产承包责任制，大型牲畜也分到各家各户，大家养护得格外细心，每天都有人到兽医站咨询或者牵牛看病。有时赶到下班，顺便就找到我家里了，特别是我成功做过两例牛半胃阻塞手术和牛尿道阻塞切除术，把过去这些只能等死的牲口救活后，在十里八乡都有了名气。那时只要到家里来的村民，我都不收任何费用，几乎每天都有来家找我为牲口看病的，有时竟然都排着队。

正是这段经历，让我了解到牲畜对老百姓的重要性，同时在与各种各样动物疾病打交道中成长为一名合格的兽医，了解了牲畜的成长规律，夯实了我后来在培育肉牛新品种时的各种知识储备。

第七章

金牛报春

□夏南牛原种场母牛舍一角

北京归来，祁兴磊第一个去的地方就是羊册改良站，这是他开启养牛生涯的地方，是他每逢大事必到之处。

"兴磊，你见到习近平总书记了？"平时不爱言语的饲养员刘老二，大老远的一声招呼，让祁兴磊内心再一次掀起波澜……

去见总书记

2015 年 4 月 20 日，祁兴磊接到县总工会通知，告诉他已经获得全国先进工作者，让他近期不要外出，准备去北京参加全国劳模表彰大会。

夏南牛培育成功后，荣誉接踵而来，祁兴磊向来视之为集体成果。

全省仅有两个名额的全国科普先进工作者指标之一，连同奖金 5 万元，他都让给了老同志师海强。

夏南牛庆功表彰大会上，县里奖励祁兴磊现金 10 万元，他先拿出 4 万元买了一辆夏南牛推广车，解决了当时 10 个推广站的交通设备问题，及时将冻精送到农户家中实施冷配。然后把余下的钱根据夏南牛培育三代人贡献不同分级奖励，一等奖奖励 5000 元，二等奖奖励 2000 元，三等奖奖励 1000 元，凡是从事夏南牛研究工作超过 10 年的同事都得到了奖励。

"感动中原十大人物"祁兴磊被作为候选人，网上投票他从没有关注过，结果票数却名列前茅。颁奖时面对聚光灯，主持人现场问道："为何能 20 年如一日坚持不懈填补国内肉牛品牌空白？"他脱口而出："是团队集体力量支撑我一路走来的。"

2013 年 12 月，"南阳牛种质资源创新与夏南牛新品种培育及产业化"项目获得国家科技进步二等奖，他坚持把自己的名字写在最后，让团队年轻人上台领奖。

2013 年，祁兴磊主持培育的夏南牛研究成果获得国家科学技术进步二等奖

授予：祁兴磊

"全国先进工作者"
荣誉称号

第 0475 号

2015 年，祁兴磊获"全国先进工作者"荣誉称号

然而这一次，2015 年全国劳动模范表彰大会在人民大会堂隆重举办，表彰者将会受到中央领导的接见，祁兴磊听说后按捺不住内心的激动。

当初风华正茂的他接受任务时，不可能想到后来的道路会如此坎坷，更没有想到与牛打交道能干出名堂。他感恩时代，感恩各级组织对他的指导与帮助。

但是，他知道全国有多少各行各业的杰出人物都在默默付出，这个荣誉是党和国家对劳动者的最高褒奖，"别人能做的事咱不一定能做，能做的事咱做了并且做成功了，能得到国家层面的承认确实是我梦寐以求的事，但凡事不能强求，更不能伸手去要。"

因此，从 2015 年 2 月上级下文让申报劳动模范，县总工会通知祁兴磊，整个驻马店共有 5 个指标。其中全国先进工作者只有 1 名，各县（区）申报后由市里遴选。祁兴磊只是说一切听从组织安排。泌阳县理所当然地将祁兴磊列为第一名向市里申报。县委书记说："你们一定向上级说明祁兴磊在全省全国的影响力。"随后就是市里对申报材料进行审核并召开评审大会。已经享受国务院特殊津贴，河南省优秀专家，省劳模、省优秀党员，同时还是几个国家级学会常务理事和副理事长的祁兴磊顺利通过，甚至说这样的人才不用到泌阳考核了，但是县总工会的负责人心里没底。考察组如期到来，好评满满："劳模主要体现在劳动业绩上、产生的实实在在的效益上，老祁当之无愧！"

4 月 26 日，驻马店市为 5 名劳模及先进工作者送行，工作人员特意嘱咐劳模们到北京要穿正装，获得过的国家级奖章可以佩戴上。

当天夜晚，祁兴磊在妻子的陪伴下在市区商场买了一件洁白的衬衣。从结婚到现在，祁兴磊一共有 3 套西服，第一套是结婚时买的，也就结婚当天穿了一次，后来去北京请专家，原来的西服已经穿不上了，就买了第二套，第三套西服是他被评为"感动天中十大人物"的时候，妻子为他买的一套毛料西服。

27 日夜晚，驻马店派专车将祁兴磊等人送至郑州高铁站，与全省其他劳模一起登上北上列车。

洁净，洁白，安谧。列车上，祁兴磊将服务员端上的热茶一饮而尽，几天的疲劳渐渐消失，慢慢进入梦乡。"那真是解乏的一觉，可是咋那么多的人和事都来到了梦里呢。"多年后，祁兴磊还清楚地记得他的梦境……

三家贫困户

两头瘦牛低头寻觅着田埂路边的青草，对近在咫尺庄稼地里鲜嫩的麦苗豌豆尖却视而不见，这是泌阳县铜山湖北侧高邑乡孙桥村归庄村民李栓成家的牛。十里八乡都知道他家三代养牛，把牲口驯养得通人性，就是散开也从来不吃庄稼，是远近闻名的"牛王"。

李栓成老两口有 4 个孩子，唯一的男孩有智力障碍，为了给孩子治病，家里日子穷得叮当响，即使到了家庭联产承包责任制包田到户的时候，李栓成家的日子依旧没有什么起色，守着 19 亩地依旧无法填饱肚子，窝窝头蘸辣椒是家常便饭。牛儿是家中最重要的生产工具，同时下的牛犊会存续下来，而多年的母牛最后的命运常常是被贩卖宰杀。后来有了化肥，产量慢慢提升，一亩地一季能够打 400 多斤粮食。再后来随着手扶拖拉机加入了农村耕种的大军，黄牛因效率低而逐渐被淘汰，面对新的生产工具的更新，原有的耕作观念与养牛理念都逐渐不适应农村变化。摆在李栓成家的难题与大多数村民一样，这些役使的牛大都被牲口贩子贩卖。村里原本拥有的 30 多头黄牛，只剩下七八头。因为爱牛成了习惯，李栓成家的牛一直没有卖，但是后来的一件事，差一点摧毁他的信心。那年，家里的一头母牛由于照顾得好，生下一头母牛犊，可是老牛不知何故高烧不止。附近几个懂点兽医的老乡都请了，却无济于事，眼看着母牛奄奄一息却束手无策，牛犊在母牛旁蹦蹦跳跳，甚至不顾主人的驱赶拼命偎依在妈妈身边吃奶。最后的时刻，母牛回头看了一眼身旁的牛犊，在李栓成妻子的眼前慢慢闭上眼睛。全家人都流下眼泪，不光是失去了一头可以下犊挣钱的大母牛，更为那头失去母爱的小牛犊。

为此，心酸的李栓成算了一笔账，发现养牛不如养猪，买两头猪养到过年也能赚2000多元钱，而那时的牛饲养周期长、成本高，当年根本见不到效益。就在他准备放弃养牛的时候，村里开始推广夏南牛冻精技术，知道泌阳有一个养牛专家名叫祁兴磊，由他培养的一种新品种牛被誉为"吨牛"，长得快，耐粗饲，成本低，生病少。于是他就找到马谷田镇畜牧站站长李爽，向她打听养牛专家祁兴磊，同时通过当地畜牧站开始饲养"吨牛"。经过一年多时间，果然发现这种牛长得快，等到可以出售的时候一算账一头牛赚的比养5头猪还多。更让他惊喜的是，心心念念的养牛专家祁兴磊亲自找上门来。

在祁兴磊的指导下，李栓成成了养牛大户

那天，祁兴磊下乡给繁育的牛测量体尺，知道这村有个爱牛养牛的农户，就直接找上了门。双手沾满草料的李栓成又惊又喜："快进屋喝口水！你是我们家常常念叨的大专家！"

老祁听着李栓成讲述这些年他们一家三代与牛的故事，了解村里和附近常见的牛病。听到母牛因发烧死亡撇下一头小牛犊的时候，老祁也动了感情："如果牛一直高烧不退，不能光药物退烧，同时要采用物理退烧。用温水掺着酒精，用蘸着混合液体的毛巾包着牛的肚皮，或者夏天让牛放到装有空调的屋子里进行降温。"说着就亲自示范起来。

从此以后，祁兴磊和他的团队成了这里的常客，李栓成逐步扩大养牛规模，每年饲养 40 多头牛，一年出栏 10 余头，一下成了远近闻名的养牛大户。更为不同的是，因为距离铜山湖近，这些牛只要天气晴好都会在青草地放养。这不仅节约饲养成本，同时也让这些牛儿的牛肉质量明显好于完全拴着喂养的牛。因此，李栓成家的牛根本不愁卖。李栓成和妻子早已经在祁兴磊手把手的帮扶下，成了半个专家，每天晚上都会对所有的牛检查一遍，只要牛状态稍有变化都会准确判断牛儿患有什么疾病，甚至自己都会为牛买药打针合理陪护，直到病牛恢复健康。

现在，李栓成每年都有 10 多头公牛被提前订购，一头就是 2 万多元，10 头就是 20 多万元，他自己都说，感觉着真牛！

梦境中，他还见到了和李栓成一样牛的周备宣。

周备宣是土生土长的当地农民，但是在村里大家都知道他"能折腾"。20 世纪 80 年代，初中毕业赋闲在家的周备宣不想浑浑噩噩过日子，就在自己家门口的羊册镇贾楼村开了一个代销点，卖起了杂货。全部是老百姓的生活用品，油盐酱醋肥皂毛巾之类的，贵一些的就是各种款式的搪瓷洗脸盆和铁皮暖壶。顾客大都是乡邻，有时候啥价进的货就啥价卖了。虽然挣的钱不多，但人气很旺，很多邻村的村民专门到他的代销点买东西。有点积累和人脉。20 世纪 90 年代末，周备宣就与朋友合伙开酒厂，可是由于下家赊账厉害，资金周转不到位，周备宣把门市部里的钱全部投了进去依然是杯水车薪。最后，酒厂解散，周备宣的钱所剩无几，留给他的只有一件件没有销出去的酒。

2006 年，他在老家养起了猪。再次创业，举步维艰。好心的朋友劝周备宜别瞎折腾，但周备宜没有想过放弃。周备宜四处跑销路学养殖技术，就是那时认识了祁兴磊，用他的话说："老祁是我的贵人，认识他以后，我时来运转了！少吃了很多苦头。"

祁兴磊不仅是养牛专家，更是早就闻名的牛兽医，周备宜养猪遇到难题就打电话寻找他，即使半夜他也会耐心讲解，避免了很多损失。后来老祁建议他养牛，周备宜发现只要按照老祁的方法，牛儿吃得多、长得快，找上门订购牛的越来越多，赚钱也快。于是他就要聘请老祁当顾问，专门养牛，老祁一口答应免费服务。就在 2008 年 8 月，夏南牛通过鉴定的第二年，在祁兴磊协调下，以周备宜的养猪场为依托，成立了泌阳县新鑫农民专业合作社。办公地点设在泌阳县羊册镇古城西，合作社主要经营夏南牛优良犊牛养殖、母牛繁育、公牛育肥、有机肥生产销售等，已成为集养殖、种植、生产有机肥为一体的驻马店农业产业化龙头企业。合作社以"合作社＋代养＋个体投资＋集体经济＋就业＋技术指导"的形式，帮扶泌阳县赊湾镇贫困户 187 户，有效地带动了贫困户脱贫共计 288 户，实现户均年增收 1.2 万元。

目前，合作社有养殖场房 3.24 万平方米，每年出栏夏南牛 1200 头，养殖基地总占地面积 100 多亩。利用畜牧养殖的废弃物生产有机肥，之后种植优质小麦、玉米、花生等农作物，利用农作物秸秆青贮养牛，已形成了"种—养—肥"现代化循环农业发展模式。企业总资产达 4312 万元，实现销售收入 2366 万元，净利润 426 万元。

梦境里，周备宜带着他穿行在养牛棚之间，阳光照射进通畅的排排大棚中，膘肥体壮的夏南牛金光闪耀，周备宜的大嗓门就在耳边："老祁啊，你说咱这是不是在做梦啊，这辈子我都没有想到能干成这么大一件事！"

梦里，他来到了花园街道高新村，吴春峰的养牛场就在这里。也是在 2008 年，原来办石子场的吴春峰，找到之前来过他们村的祁兴磊，想改行养牛。祁兴磊指导他自繁自养从头干起。从选舍、买牛、饲养、防疫、人工授精……事无巨细。如今，吴春峰的 10 栋牛舍里存栏夏南牛 300 多头，年收入几百万元。和周备宣模式不同的是，吴春峰带起了周边多家专业户，这也是老祁指导下的意外收获。

吴春峰的养牛场

　　为了方便指导养殖，祁兴磊每次外出考察开会，都会带上几个专业养牛户，一次带吴春峰到内蒙古肉牛养殖场，看到那里的西门塔尔牛采取放牧方式，在出售的后期集中育肥，就想到规模化加分散养殖的管理方法，可以节约开支，精细管理，存栏出栏都会很快增加。于是就联合村里的农户分散喂养，集中管理。

　　"这个想法给老祁一说，他特别支持，就是苦了他本人。"吴春峰说。参与的养殖户多了，祁兴磊每个月都要固定到村里来指导一次，还不说发现问题随叫随到。有时候一个月去四五次，手把手教他饲料的配比，很快吴春峰牛场的牛个个长得膘肥体壮。最初的 6 栋牛舍变成了现在的 12 栋，场内的树长大了，鱼塘也开始有效益了，养牛带动了农业发展。

　　泌阳县古城街道大吴庄村的刘本合就是受益农户之一。今年 60 岁的刘本合很多年前就开始养牛了，但那时养牛的收入不高，因为他养的是普通黄牛，出肉率不高。2008 年，刘本合开始养夏南牛。刚开始，虽然他只养了两头夏南牛，但每年的利润就达 3000 元。现在，刘本合养的夏南牛已经达 16 头，他家的房子也从最初的草房换成了现在的平房，年收入 10 万元以上。

　　每年春天是母牛生育的高峰期，一头牛就是一大笔收入，祁兴磊往往过来就走不了，养殖户怕夜里母牛生产出问题，专门腾出家里最好的房间，让吴春峰出面请老祁住下。有一天夜里，这个村接生了 6 头小牛犊……在"咣当咣当"的列车节奏中，祁兴磊耳边响起的是一声声清亮的小牛犊"哞哞哞"的叫声……

手机在饲养场传递

"兴磊，你见到习近平总书记了？"饲养员刘老二是个不爱言语的人，可是这次见到祁兴磊，大老远就打招呼。

从北京归来，祁兴磊第一个去的地方就是羊册改良站，这个最初开始养牛生涯的地方，是祁兴磊人生遇到大事最爱去的地方。改良站经过几年的努力面积扩展了一倍，种牛场也挪到距离泌阳县城较近的地方。祁兴磊老远就闻到熟悉的发酵饲料的味道，脚步格外沉静笃定。刘老二一声招呼，让他内心再一次掀起波浪。他打开手机，一一指点："这是大会堂，这是主席台，你们看，习近平总书记走过来了！"

祁兴磊又沉浸在 28 日的人民大会堂，掌声雷鸣，耳旁又响起习近平总书记铿锵有力的声音："必须坚持崇尚劳动、造福劳动者。劳动是财富的源泉，也是幸福的源泉。人世间的美好梦想，只有通过诚实劳动才能实现；发展中的各种难题，只有通过诚实劳动才能破解；生命里的一切辉煌，只有通过诚实劳动才能铸就。劳动创造了中华民族，造就了中华民族的辉煌历史，也必将创造出中华民族的光明未来。'一勤天下无难事。'必须牢固树立劳动最光荣、劳动最崇高、劳动最伟大、劳动最美丽的观念，让全体人民进一步焕发劳动热情、释放创造潜能，通过劳动创造更加美好的生活。"

本来，他要把这些见闻传达给大家，但是刘老二的笑声已经吸引来了站里的其他饲养员，大家围拢起来，手机在众人手中传递。

祁兴磊默默地来到当时养育最早的那头大种牛身旁，抚摸着大种牛宽大的额头，心里说："我在火车上梦见你了，你可是功臣啊，我的荣誉也有你的功劳。"大牛舔着祁兴磊伸过来的手背,像是明白了主人的心情。

那一刻,祁兴磊眼前出现鉴定会后专家签字的鉴定书,字字句句当时已经刻进了记忆里:

夏南牛是我国培育的第一个拥有自主知识产权的肉牛品种,2007年育成于河南省泌阳县,历时21年。夏南牛的育成,开了中国肉牛育种先河,探索出了中国式肉牛开放式杂交育种经验,为我国地方牛的开发利用提供了借鉴,其研究成果获得河南省科技进步一等奖、国家科技进步二等奖。夏南牛具有耐粗饲、适应性强、生长发育快、肉用性能好、牛肉品质优等优良特性,得到社会各界的充分肯定,尤其受肉牛科研和生产管理者的青睐。

评审现场,为之激动的专家用毛笔题字:"锲而不舍二十载,科学育牛贯中原。"

2009年祁兴磊享受国务院特殊津贴

第八章
夏南牛步入快车道

□2007 年 11 月夏南牛肉牛新品种新闻发布暨推广会议会场

8 月的上海，黄浦江上扑面吹来湿热的风，为虹桥火车站一组列车的冠名仪式增加了热烈气氛，红绸落下，但见"夏南牛号"几个大字赫然出现在列车洁白的车皮之上，30 组列车将带着这个国人尚未熟悉的名字，奔跑在京广、京沪、沪广、沪渝等线路，覆盖长三角、珠三角以及西南地区大半个中国，驶向神州大地的各个角落。

　　这是 2017 年，距离夏南牛评审成功，即正式宣布成为中国第一个肉牛品种，过去了整整 10 年。10 年间，一头牛承载了多少希望和梦想，开启了多少业绩。

时间能够见证

· 2008 年 3 月，泌阳县委、县政府隆重召开夏南牛育种项目庆功表彰大会。会上，县政府奖励夏南牛团队推广资金 50 万元，奖励项目主持人祁兴磊个人 10 万元。同年，市、县政府对县畜牧局给予通报表彰，记集体二等功，为祁兴磊记个人二等功。对科研项目组王之保、冯建华等 17 人给予通报表彰，并记个人三等功。

· 2008 年 4 月，夏南牛被农业部确定为在全国推广应用的唯一肉牛品种。

· 2008 年 4 月，泌阳县夏南牛科技开发有限公司正式成立，成为夏南牛科研基地、供种基地。

· 2008 年 6 月，夏南牛科研团队开始夏南牛无角新品系培育。

· 2008 年，泌阳县建成了夏南牛研究推广中心和夏南牛母牛纯种繁育场，全县建成了 10 个夏南牛扩繁中心改良站，扶持发展肉牛人工授精点 134 个，年繁育推广夏南牛 10 万头以上。当年，全县有百头槽位以上的夏南牛育肥场 78 个，年可出栏育肥成牛 2 万头。

· 2009 年 9 月 6 日，泌阳县举办"泌阳第二届夏南牛比赛大会"，参赛牛 2300 余头，一等奖 2 名，奖金各 1 万元。

· 2009 年 11 月，国家肉牛牦牛产业技术体系在泌阳县设立驻马店综合试验站，依托泌阳县夏南牛科技开发有限公司。

· 2009 年，夏南牛科技项目主持人祁兴磊先后荣获"感动中原年度十大人物""河南省劳动模范"和"享受国务院特殊津贴专家"荣誉称号。

夏南牛肉牛品种审定通过后的 2 年多时间，泌阳县已接待全国 20 多个省区、230 个县市的参观考察和交易活动，已推广夏南牛种公牛 126 头，母牛 2.5 万多头。是年，农业部已把夏南牛作为唯一一个在全国推广的肉牛品种，河南省业已组织全力在全省推广。

·2010 年 11 月 21 日，夏南牛饲养管理技术在央视七套《农广天地》栏目播出。

·2011 年 8 月 23 日，时任河南省委书记卢展工来泌阳县调研夏南牛产业发展。

·2011 年 9 月，夏南牛在首届中国活畜展览会上参展的 4 头公、母牛获得 2 个金奖、2 个银奖。

·2012 年 5 月 14 日，中华人民共和国国家工商行政管理总局正式颁发《夏南牛》商标，注册证书［第 9386748 号］。

·2012 年 6 月 6 日，时任河南省人民政府省长的郭庚茂到泌阳县调研夏南牛产业发展。

·2012 年 11 月 29 日，《让夏南牛更牛》在央视七套《科技苑》栏目播出。

·2012 年 12 月，《夏南牛》国家标准由国家质检总局正式发布，并于 2013 年 6 月 1 日开始实施。

·2013 年 1 月，"南阳牛种质资源创新与夏南牛新品种培育"项目获得河南省科技进步一等奖。

·2013 年 3 月 12 日—14 日，国务院研究室农村司副处长方松海来泌阳县调研肉牛产业发展。

·2013 年 4 月 27 日—5 月 6 日，20 头夏南牛生产高档西餐红肉屠宰试验在河南恒都公司开展，6 个科研院所、23 位专家教授参加，牛肉等级达到国标特级。

· 2013 年 6 月 25 日，河南省肉牛产业技术体系唯一综合试验站落户泌阳县，依托"泌阳县夏南牛研究推广中心"。

· 2013 年 8 月 16 日，驻马店市政府在泌阳县召开"全市夏南牛产业发展现场会"。

· 2013 年 9 月 4 日—6 日，中国肉牛（夏南牛）产业发展模式研讨会在泌阳县召开。9 月 5 日，夏南牛产业联合会成立，会员 23 家，恒都农业集团董事长秦亚良当选第一轮执行主席；由中国肉类协会、中国烹饪协会、中国保健协会、中国畜牧产品加工协会等 11 家单位有关专家组成专家组，进行夏南牛牛肉品鉴。

· 2013 年 9 月 6 日，泌阳县举办"中国·泌阳第三届夏南牛比赛大会"，参赛牛 2260 头，牛王获得 20000 元奖金。

· 2013 年 12 月，《南阳牛种质资源创新与夏南牛新品种培育及产业化》项目获得国家科技进步二等奖。

· 2015 年 4 月 23 日，时任河南省委书记郭庚茂到泌阳县考察夏南牛产业发展。

· 2015 年 9 月 17 日—18 日，中国肉牛（夏南牛）发展战略研讨会在郑州召开，8 位专家作专题报告，250 余人参加。

· 2015 年 11 月 4 日，时任河南省人民政府省长谢伏瞻到泌阳县调研夏南牛产业发展。

· 2015 年年底，泌阳县已向社会提供夏南牛种公牛 300 余头、母牛 20 万头、架子牛 100 多万头，推广应用夏南牛冻精 600 万剂以上，夏南牛已推广到除香港、澳门、台湾地区的全国 27 个省市区。

· 2015 年，夏南牛科技项目主持人祁兴磊荣获"全国先进工作者"称号，受到党和国家领导人的亲切接见。

· 2016 年 9 月 18 日—19 日，中国肉牛（夏南牛）产业链升级研讨会在郑州召开，7 位专家作专题报告，300 余人参加。

·2017 年 5 月 9 日，河南省人大常委会副主任刘春良同志带 26 名驻豫全国人大代表调研夏南牛产业发展。

·2017 年 8 月 15 日，随着第一组"夏南牛号"高铁列车从上海虹桥站驶出，拉开了为期一年、30 组高铁的夏南牛高铁列车内全冠名宣传序幕。

·2017 年 9 月 18 日，央视七套栏目播放夏南牛专题片——《夏南牛为什么那么牛》。

·2017 年年底，占地 208 亩、投资 5000 余万元、存栏规模 2000 头的泌阳县夏南牛原种场建成投产。同时建有夏南牛原种场 1 个，现存栏夏南牛种公牛 32 头，母牛 460 头；夏南牛冻精配送中心 1 个，人工授精中心站 12 个，人工授精站点 134 个。全年可提供夏南牛种公牛 20 头以上，纯种夏南牛母牛 200 头以上。泌阳县全年可提供种公牛 50 头以上，母牛 50000 头以上，推广应用夏南牛冻精 60 万剂。夏南牛供种和肉制品供货，遍及我国除澳（门）台（湾）地区以外的近 30 个省、自治区。

·2018 年年底，全县夏南牛存栏 38.5 万头，全年出栏 22.3 万头，牛业产值逾百亿元。夏南牛已经形成了从育种供种、繁育肥育、屠宰分割、肉品加工、仓储物流的全链条产业，成为带动泌阳老区经济发展的支柱产业。

十度春夏秋冬，夏南牛搅动了从品种到名牌、从养殖到产业的一池春水。

给省委书记 "吹牛"

2011年8月24日,《河南日报》头版刊登一组照片,时任河南省委书记卢展工到驻马店视察,其中一站就是泌阳,照片上祁兴磊就站在卢书记的身旁。当时卢书记轻车简从,在泌阳县接待的只有5个人,县委书记、县长、县委副书记、县委办公室主任和祁兴磊。

那时,老祁虽然已经成为"名人",与央视主持人对话,到北京参加劳模大会,但是向省委书记当面汇报介绍,事关夏南牛事业发展,心中还是十分忐忑。

让祁兴磊有了底气的,是见面安排在育种场。"我这个人就这秉性,见到牛,和牛在一起,心里就踏实不慌张。"也难怪,当时的育种场已经有500多头种公牛和母牛,都是在历次赛牛会上挑选出的最壮实、发育最好的大牛。

卢书记一行下车直接步入养牛大棚,宽大敞亮的牛舍、壮硕高大的黄牛,显然让省委书记没有想到:"这牛好漂亮威风啊!"听到有人夸牛,还是省委书记亲口,祁兴磊一下兴奋起来,利索地自我介绍:"感谢卢书记关注夏南牛,关注夏南牛产业,我是祁兴磊。"当陪同人员介绍到这就是被业界誉为"夏南牛之父"的祁兴磊时,书记拉住老祁的手:"你是功臣啊!"

当时,在泌阳县已经拥有夏南牛科技开发有限公司的老祁,前几天就想好,第一要把夏南牛品种给书记介绍好,第二要把大力发展夏南牛产业的想法向书记提出来,让省级领导和陪同的市、县领导一样了解夏南牛、推广夏南牛。

"书记，你看，这是中国第一个肉牛品种夏南牛的后代。你问多重？1180公斤，刚刚3岁，还不是这茬牛里面最重的，要不老百姓都把我们的牛叫'吨牛'！"看到书记赞许和吃惊的眼神，老祁更加有了自信，侃侃而谈，"夏南牛是三代科技工作者历时21年培育成功的中国第一个肉牛品种，具有自主知识产权。这种牛有五大特点。一是长得快。一岁半就能长到600公斤。二是个体大。一般成年公牛可达900公斤，最大的一头1300公斤。三是肉用性能好。在好的育肥条件下畜养，日增重1.85公斤以上，育肥牛屠宰率达62.5%以上，精肉率达52%以上。四是具有广泛适应性。全国除西藏、新疆、台湾、香港、澳门地区外，都有引种夏南牛的记录，舍饲、放养，东西南北都适应。五是养殖效益高。一头同龄性别的夏南牛比当地牛多卖1500元以上。"

"这个牛这么好，我了解情况太晚了。"卢书记对随从的人员说。

"不晚不晚，夏南牛培育成功只是第一步，最终目的是为群众为社会服务。这就需要政府做好宣传，推广这个良种，我们有牛有冻精，只要政府继续支持。大投入才能大发展，形成大产业。"祁兴磊直言不讳，平时口吃的毛病烟消云散。

夏南牛开发有限公司的部分种公牛

"你说得对，一要做好种业，二要做好知识产权保护。"卢书记走近牛棚，轻轻拍了拍牛背，说，"这种牛很温顺。"

祁兴磊不失时机地继续介绍："这种牛与父辈最大的区别就是能适应中国低营养、粗放式的生产水平，与母亲最大区别就是长得快，肉用性能强，饲料报酬高。"

原本在夏南牛科技开发有限公司视察的行程安排 20 分钟，在老祁的引导讲解下，一个小时过去了，泌阳全县的养牛情况，专业大户有几家，存在困难有哪些……都在不知不觉中全部介绍。

之后的系列工作随之而来：

规划投资数 10 亿元的泌阳县夏南牛产业园开始动工，祁兴磊和 4 名团队技术人员被当地政府派去做技术支撑；

在泌阳县高速路口及公路显著位置竖立了"中国第一肉牛——夏南牛"的巨幅宣传标语，联系电话就是祁兴磊的手机；

泌阳县成立了夏南牛产业化开发指挥部，设立产业规划组、技术研发组、产业发展组、龙头企业服务组和品牌创建组，把夏南牛产业化开发作为推动县域经济发展的"一号工程"，提出了"打造中国第一肉牛品牌、建设中国牛肉食品第一城"的发展目标；

县财政每年列出 2000 万元夏南牛产业发展基金，主要用于能繁母牛补贴、规模养殖场以奖代补、龙头企业扶持、夏南牛纯种繁育场建设及高档牛肉研发；

县直 50 个单位对口帮扶 100 个夏南牛养殖重点村，确保每个村重点帮扶建成一个存栏 200 头以上的母牛规模养殖场。通过母牛规模养殖场的示范带动，辐射周围农户养殖母牛，实现养殖总量 3 年内翻一番……

"一天十几个电话很正常，多的时候从早上到深夜时不时就有电话打进来。有问夏南牛价格的，有准备到泌阳购买夏南牛让我帮忙选购的，你不能辜负人家的信任，为啥人家不睡觉还向咱问这问那？那是看得起我。"祁兴磊说这话时滔滔不绝，无论人家询问什么他都耐心解答，他的私人手机号码俨然成了夏南牛养殖咨询热线！

在外县、外市、外省，南到广西来宾武宣县，北到黑龙江哈尔滨市……祁兴磊都亲往悉心指导，从不嫌远、嫌麻烦。他的口号和行动是：夏南牛走到哪里，我们的服务就跟到哪里！

广西金泰丰公司总经理郭辉就是通过打祁兴磊在高速路广告牌上的电话联系上他的。郭辉总经理先飞到郑州，再转车来到泌阳县，然后和泌阳县畜牧局的工作人员一起考察夏南牛，作陪的就是祁兴磊。

祁兴磊带着这位远方的客人参观了溢佳香公司、夏南牛科技发展有限公司、二铺牲畜交易市场、羊册牲畜交易市场、华夏农业生态循环发展有限公司，让郭总感受夏南牛的特征和数量，让他心中有数。

"只有你懂啥是夏南牛，你又是本地人，你帮我选购夏南牛吧。"郭辉当即拍板后对祁兴磊提出这样一个请求。

"好！等到你的养殖场办起来后，我就免费当你的技术顾问！"祁兴磊的话掷地有声。

仅仅广西，他就去了3次，第一批就有1000多头夏南牛入住当地的规模养殖场，目前已经发展到5000多头。

"南方的气候、环境与中原地区有很大不同，原本我以为夏南牛不适宜在南方推广，不过通过几年的饲养，我很快纠正了这一观念。实践是检验真理的唯一标准，这句话用到夏南牛的推广上一点也不为过。夏南牛适应性真的很强，不过也不是一点缺点没有，仍旧需要在今后的选育中继续改良。"祁兴磊说这话时总是怀着科技人员的严谨用心在与人对话，他不矫揉造作，一就是一，二就是二，从不为了迎合对方说违心的话。

后来泌阳县领导到广西考察，当地畜牧局的负责人称5—10年内计划养殖5万头夏南牛，把武宣县打造成肉牛养殖基地。

"至2013年年底，夏南牛主产区的存栏量有50多万头，泌阳县建有国家级夏南牛养殖示范场 3 个。目前，除西藏、新疆和港澳台地区之外，我们已向全国推广 100 多万头活体夏南牛、800 多万剂夏南牛冻精，总计不下 1000 万头剂。"祁兴磊自豪地告诉笔者。

别看已 50 岁出头，祁兴磊像当下年轻人一样"时髦"：智能手机拍的照片传输到电脑，用微信给群众提供技术服务……

"心里光想着群众不行，得有一身过硬的服务本领。"祁兴磊对笔者解释，前些年，不会电脑、不会打字，逼着自己学习普通话、音标；不会超声波分析、不懂 DNA 技术研究，逼着自己学习超声理论、基因芯片应用……只要学就没有学不会的。

为了适应肉牛养殖场高效生产的需求，老祁带领科研团队组装了实用技术，将其归纳为"种牛选育和高效利用技术""农作物秸秆综合开发利用技术""夏南牛标准化饲养管理技术""提高母牛生产能力技术""优质犊牛培育技术""夏南牛高效育肥技术"等 6 项轻简易学技术。同时编写了《夏南牛饲养管理技术手册》，印发 10000 册。

为了统一标准，他编写了《夏南牛饲养管理技术规范》，2015 年由河南省质量技术监督局颁布实施，提高规范了夏南牛的饲养管理技术水平，增加了夏南牛养殖效益。

出版发行的《肉牛繁育新技术》和《建一家赚钱的肉牛养殖场》等简便易懂的畜牧科技书籍，分发给肉牛养殖场户，养殖场户既有了好品种，又有了好技术，取得了好效益。

让祁兴磊没有想到的是，他一手培养起来的养牛大户也成了技术传播者。

2019 年 6 月 7 日是端午节，上午 11 时，位于泌阳县羊册镇古城村的泌阳新鑫养殖场，湖北武汉客商张振武一脸热汗从泌阳县双庙街乡项目工地赶来，向新鑫养殖场主周备宣请教排污设施组装等事宜。2008

年 8 月，周备宣在祁兴磊团队带领下，筹资成立泌阳新鑫农民专业合作社，带动周边贫困群众脱贫致富，目前占地 150 亩，年存栏夏南牛 2000 多头，其中母牛 1400 多头，饲养规模在泌阳农民中居第一位；粪污集中处理加工有机肥，低价销售给当地群众；流转贫困群众土地 1000 亩，施用有机肥种植饲料小麦、玉米和花生，保证合作社正常的饲料供应；以"合作社 + 代养 + 个体投资 + 集体经济 + 就业 + 技术指导"的形式，像"蜂巢"一样把大家聚集起来，进而延伸产业链、提升价值链、打造供应链，合作社年存栏夏南牛 5000 多头，其中母牛 3000 多头；投资扩建豫南交易量最大的商品牛集散地羊册镇夏南牛交易市场，吸引了驻马店市及郑州、武汉等周边地区，甚至河北、甘肃等地的客商前来交易。该合作社解决了 9 名贫困群众就业，帮助了 38 户贫困群众养牛致富，被评为"省级扶贫龙头企业"。周备宣对与张振武在 2018 年 10 月中旬的初次见面至今记忆犹新。

那天，周备宣在送走了几拨客商后，发现一位 50 多岁的男客商在养殖场里看了又看、摸了又摸，特别是对无角夏南牛新品系，更是两眼放光、恋恋不舍。"你看，夏南牛体重大、耐粗饲、肉质好、生长快。"周备宣向对方介绍。"我叫张振武，从武汉慕名而来，也想试试养殖夏南牛。"对方告诉周备宣，他曾是武汉市的一个房地产商，于 2018 年瞄准肉牛产品市场空间巨大的商机，转身在临近南阳的黄牛产地湖北枣阳市，投资兴建一个年存栏 5000 头的南阳黄牛养殖场，育成肉牛回销武汉市场。客商后来听说夏南牛是以法国夏洛来牛为父本、南阳黄牛为母本，历时 21 年育成，填补了我国肉牛育种的空白时，就萌生了发展夏南牛的念头。

从此，周备宣与张振武成了好朋友，张振武与夏南牛和泌阳结下了不解之缘。张振武隔三差五到新鑫养殖场来拉牛，周备宣总是把最好的母牛或带犊母牛优惠送给他，每头夏南牛比南阳黄牛多收入五六百元。很快的，张振武做成了武汉牛肉市场的"老大"。2018年11月，张振武再次来到新鑫养殖场，郑重地对周备宣说："我打算在泌阳投资发展夏南牛！"周备宣领着他拜会了"夏南牛之父"祁兴磊和泌阳县有关领导，参观了获批的国家级现代农业产业园"一个核心、三个示范区"的建设情况。在夏南牛产业园里，张振武振奋地看到这里正在上演的"增值戏码"——一头牛的原血加工成血浆血球蛋白粉可增值6倍，一副牛骨架加工成骨肽产品可增值7—10倍，精深加工后的高档牛肉产品每公斤最高可售200元，2019年全产业链产值达130亿元，真正成了贫困群众靠得住的"主心骨"，进一步坚定了他发展夏南牛的信心。泌阳县政府积极协调，在地处国家级现代农业产业园的泌阳县双庙街乡，为张振武的1万头夏南牛养殖项目拿到251亩养殖用地。

考虑到该项目和全县农村粪污处理的需要，泌阳县政府分别在该项目和新鑫养殖场附近建设两个粪污处理中心站，利用先进生物技术，进行无害化循环利用。2019年10月，项目建设开工，张振武组织施工队风风火火地干了起来。周备宣得空儿就往二三十公里外的张振武项目工地跑，帮助张振武张罗张罗。端午节，周备宣给职工们调了班，并让职工食堂割肉包饺子，安排大家好好休息一下。

可是，张振武没有回武汉，按说开上车3个多小时就到了。张振武心里急呀，项目建设千头万绪，前几个月的疫情耽搁了一些时间，现在要马不停蹄地赶工期，计划在2020年9月的第十五届2020中国牛业发展大会召开之前让项目建设的大头落地。周备宣与张振武手捧着图纸，在新鑫养殖场里比画着、合谋着。"这个地方，应该留出通道，方便粪污清理车的通行。"周备宣提醒张振武对饲养场地做些改进，"我前几年建的场地已经落后，你新建的场地要追求饲养过程的工业化、智能化。""尿液如何收集？管道咋走？"张振武一一再向周备宣请教。周备宣把这些年从祁兴磊团队学得的相关知识，毫无保留、耐心细致地一项项传授给张振武。饭时已到，两人谈兴未阑。

"牛舍建好，填栏母牛由你挑！"周备宣手指几圈母牛和带犊母牛说，"包括合作社其他社员的！""为了节省资金，最好先少填些，挑选带犊母牛来得快。"周备宣推心置腹地劝说。"有夏南牛产业的品种、品质、品位、品牌，有泌阳人的品行、品德，我在泌阳何愁发展不好？"张振武如此感慨。阳光透过张振武脸上的汗水发散着金光。张振武握着周备宣的双手说："发展夏南牛，助力夏南牛产业，助力乡村振兴，我选对了！"

祁兴磊说："常言道，养孩子比生孩子更难。有时也想'歇一歇'，给后面的年轻人'腾位子'。但是，夏南牛产业的发展迫使自己不能停顿，如果我们不抓紧发展，'河南创造'夏南牛的机遇很可能稍纵即逝。"

县委书记的 "三级跳"

"占地 800 亩，计划投资 30 亿元，打造一座集夏南牛品牌推广、产品研发，以及下游产品精深加工于一体的特色产业园区，为促进夏南牛产业发展、推动农业供给侧结构性改革发挥强大的拉动作用。"

2015 年的泌阳县经济工作会议上，时任县长张树营将泌阳未来要建成"牛城"的特色产业规划，形象地规划为夏南牛产业园"三级跳"，向全县干部描绘的未来现代化夏南牛产业"帝国"，可见可为。

夏南牛产业园"一级跳"

在 2016 年年底初步形成年产值达 100 亿元的夏南牛产业集群，实现年出栏肉牛 30 万头，年屠宰加工夏南牛 30 万头，年加工牛肉及牛副产品 13 万吨。

据测算，达到 100 亿元的产业规模，需要屠宰加工 50 万头育肥牛。

在牛源供应上，目前河南恒都食品公司张铺养殖场存栏 2 万头，双庙养殖场存栏 2.5 万头，2015 年在盘古乡、高店乡建成两个年出栏 3 万头的夏南牛养殖场，泌阳当地足额保证年 15 万头单班屠宰供应；恒都农业集团将把每年的 30 万头澳牛运抵泌阳加工。

泌阳当地张铺、双庙等养殖场的年产值超过 10 亿元。

河南恒都食品公司单班年屠宰当地 15 万头夏南牛和 30 万头进口澳牛，年产值超过 30 亿元。

2015 年，新上百尊食品、翰中生物、康美食品这 3 个加工企业，包括牛血深加工和牛排、牛肉饼、牛肉汉堡等熟食产品加工，计划投资 20 亿元，年产值在 65 亿元左右。

河南恒都食品有限公司生产的夏南牛高档牛肉

在配套建设上，河南恒都食品公司2015年新建一条屠宰分割生产线，2016年再上一条生产线，可形成年屠宰分割肉牛50万头的生产规模；在现有牛肉冻品生产线基础上，2015年投产熟食生产线1条，主要生产牛肉培根、牛肉肠、牛肉火腿等熟食和酱卤系列、风干系列、蒸煮系列、调料系列等中式牛肉产品；新建3万吨冷库1座；完成肉牛专用饲料厂扩建，由目前的10万吨生产规模达到50万吨；完成恒都农业集团总部建设项目、夏南牛研发城项目、牛肉产品"中央厨房"项目、商贸（冷链）物流中心建设项目所需土地征用、地上附属物的拆迁及"三通一平"。

夏南牛产业园"二级跳"

到2018年产值达300亿元，实现年出栏肉牛60万头，年屠宰加工夏南牛60万头，年加工牛肉及牛副产品30万吨。

达到300亿元的产业规模，需要150万头育肥牛。

以泌阳为中心的驻马店市夏南牛规模养殖场到2018年出栏达到40万头，河南恒都食品公司在国内市场收购肉牛20万头，在澳大利亚、巴西、阿根廷通过企业收购、并购、参股等形式，可提供牛源90万头。

泌阳总部屠宰肉牛60万头，产值达到108亿元。

夏南牛产业园下游产业链牛肉加工及牛副产品加工企业产值达到100亿元。

牛肉"中央厨房"项目产值达到100亿元。

河南恒都食品公司建成牛肉产品冷链物流配送中心，规划建设达到国家一流标准的集冷藏、冷冻、包装等服务于一体的专业化货仓物流园区，产值可达 20 亿元。

在配套建设上，建成占地 500 亩、投资 50 亿元的牛肉"中央厨房"项目；完成占地 100 亩、投资 20 亿元的恒都农业集团总部的搬迁建设；建成占地 300 亩、投资 30 亿元的牛肉产品商贸物流中心；在夏南牛产业园新建占地 300 亩、投资 20 亿元的牛副产品加工项目。

夏南牛产业园"三级跳"

到 2020 年打造产值 500 亿元的夏南牛产业化集群。

达到 500 亿元的产业规模，需要 250 万头育肥牛。

国内市场收购肉牛 100 万头，在原有牛源供应基地的基础上，分别在内蒙古、云南各建一个 20 万头规模的肉牛养殖基地和同等规模的屠宰分割生产线。

在澳大利亚、巴西、阿根廷 3 个国家采取并购重组方式建设养殖基地的基础上，在新西兰新建 50 万头规模的生产基地，并配套建设同等规模的屠宰生产线。国外肉牛养殖规模达到 150 万头，活牛在当地进行屠宰，牛肉以冷鲜肉的形式供应恒都农业集团泌阳总部的加工企业。

恒都农业集团泌阳总部屠宰肉牛 60 万头，产值达到 120 亿元。

牛肉"中央厨房"项目产值达到 250 亿元。

夏南牛产业园牛肉加工及牛副产品加工企业产值达到 120 亿元。

商贸物流产值达到 50 亿元。

在配套建设上，扩建新增占地 300 亩、投资 30 亿元的牛肉"中央厨房"项目；完成占地 50 亩、投资 30 亿元的肉牛及牛肉期货交易中心、电子商务中心建设任务；扩建新增占地 100 亩、投资 30 亿元的商贸物流交易中心。

实现"三级跳"后，总部在泌阳、基地在全球、产品销全球的夏南牛"总部经济"，将走向世界经济一体化"买全球、卖全球"的发展模式，充分利用、合理配置全球资源，生产出成本最低、质量最高的产品。

台下的掌声，已经化为当年的现实。2015 年年底，园区一期 4 个项目已相继建成投产。接下来系列举措的实现，更是让泌阳成为热点。

从"第一品种"到"第一品牌"

绿树，鲜花，天鹅绒般细密的草坪，谁也不会想到，这里坐落的是一个现代化的肉牛加工厂。

换上白大褂，戴上白布帽，经过消毒区域，方可走进楼内。但见四层结构的厂房，高大宽敞的车间全部密闭，从透明的玻璃走廊内看到，来自德国、丹麦等国家的精深加工设备有序运行，一头头大牛从屠宰到分割，全部在生产线上完成分类、加工、包装……成品车间内，牛腱、牛排、西冷、即食牛丸、牛肚、牛筋品种齐全，一箱箱从流水线上下来的成品，有的进了冷库，有的直接装进快递集装箱卡车，源源不断地开出厂门。

在冷储车间内，工人只需要输入需要的产品编号，机器就开始在轨道上自动寻找，准确无误地把需要的货品运送到仓库门口。

设计精美的外包装上，"恒都集团"的字样清晰可见。

从一纸签约到总投资 50 亿，从当年的肉牛供应地，到"总部在泌阳，基地在全球，产品卖全球"的梦想实现，恒都集团与泌阳有着不解之缘。

中恒兴业科技集团声名鹊起，是在 2008 年北京奥运会上，作为这次世界瞩目赛事的转播系统主力，世界记住了北京，也记住了 IT 豪强中恒兴业科技集团。

之后又成为上海世博会、广州亚运会合作伙伴。

在国内 IT 数码行业叱咤风云的中恒兴业科技集团董事长秦亚良，出人意料地将目光投向了生态农业。

2009 年，秦亚良斥资 15 亿元，打造恒都农业集团，依托中恒兴业科技集团的科技优势，在科技研发、科学养殖、电子交易、全程追溯等系统中不断推陈出新，秦亚良独辟蹊径地为"恒都牛肉"构建了一条现代化产业链，俨然成为行业中的"硅谷"。不仅在重庆丰都、内蒙古赤峰、山西平遥、河南泌阳建有生产基地，而且正逐步在澳大利亚、阿根廷、巴西等国家进行重组并购，进军国际肉牛市场。"恒都牛肉"产品成功进入麦德龙、家乐福、沃尔玛、永辉等 12 家国际国内大型连锁超市，与顶新集团、肯德基、雨润食品等大型餐饮连锁企业深度合作，产品远销香港等市场，市场占有率稳步提高。

看中河南泌阳，秦亚良并非心血来潮。

泌阳夏南牛种质优势明显，是中国第一个肉牛品种，也是农业部重点推广的肉牛品种。夏南牛适应性强、生长发育快、耐粗饲、易育肥、肉用性能好、抗逆力强、遗传性能稳定、养殖肉牛成本低收益高，具有明显竞争优势。

区位优势明显：泌阳气候条件适宜肉牛生长繁殖，是中原肉牛带腹地，也是国家肉牛优势生产区。全县农民群众素有养牛的传统习惯，发展肉牛养殖具有很好的群众基础。泌阳境内三条高速相连，可与郑州、武汉、合肥等二线城市形成 3 小时经济圈，与驻马店、南阳、信阳、平顶山等市形成 1 小时经济圈，便于形成肉牛产品生产加工流通的集散地。

资源优势明显：泌阳县有 100 万亩荒山牧坡、71 万亩林间隙地和17 万亩滩涂草场，具备大量养殖的饲草资源。同时，以夏南牛诞生地泌阳为中心，周边唐河、社旗、方城、确山、桐柏等县，均是肉牛生产大县，肉牛饲养量大，母牛存栏多，具备发展夏南牛产业的种源基础。

规模优势明显：泌阳县肉牛饲养量、出栏量和牛肉产量近年均居全省第一位。2014 年，全县存栏牛 37.4 万头、能繁母牛 24 万头，其中肉牛存栏 35 万头，肉牛存栏连续 15 年居全省第一位，全县出栏 100 头以上的肉牛规模养殖场 173 个。2014 年，泌阳县肉牛规模养殖比重已在 35% 以上。

龙头企业优势明显：泌阳已建成年屠宰夏南牛 15 万头的生产线 1 条，2 个存栏 2 万头以上的规模养殖场。其中，存栏 2.5 万头的双庙肉牛养殖场单体存栏规模是亚洲最大的。

这些优势，重庆丰都、内蒙古赤峰、山西平遥显然都不具备。

随着国民经济的快速发展、城市化水平的提高和消费结构的升级，人们对畜产品的消费结构将逐步改变，牛肉制品的消费量和价格呈刚性增长态势，肉牛产品市场需求空间巨大。据相关部门测算，从 2016 年到 2018 年国内城镇畜产品消费支出将增长 3 倍，可以预见今后 10 年肉牛业发展具有广阔的市场前景。

夏南牛产业近年虽然有了长足发展，但目前还存在生产方式粗放，集约化养殖、标准化生产水平低，产业体系不完善，肉牛品牌优势发挥不够，精深加工产品少，产业链条短，产销衔接不紧密，外向度低，服务支撑体系不健全，新产品研发能力弱等制约因素。为此，发展具有高度组织化、产业化、集群化、辐射性的"总部经济"极为必要。

而真正让恒都总公司、中恒兴业科技集团董事长秦亚良下决心大投入的，是一次夏南牛肉类品质的屠宰分割实验。

其实，这也是祁兴磊和他的团队多年的一场期待。

夏南牛品种培育成功，祁兴磊和所有业内人士都清醒意识到，这只是走出来的第一步，消费市场的认可才是真正的成功效益。

现代饮食文化中，牛排或牛肉是很重要的国际饮食指标，有时甚至会用来当作衡量经济贫富的象征，许多西方国家竞选口号里都少不了

不同部位的分割牛肉等待检验

"让每一户人家的餐桌上都有最好的牛排配面包"。

什么是最好的牛肉，在高档餐厅，不是每一块牛肉都可以进入菜单的，只有经过国际标准检验的高档牛肉才能顺理成章地被选中。以西方国家为主、有千年牛肉饮食文化的国际市场，已经产生了世界四大顶级牛排。排名第一的是日本的"霜降"和牛，其滋味之美、价格之高几乎成为一个传奇。和牛品质的优异源于其血统、饲料、饲养环境与其他牛种的巨大差别。"和牛"是肉食专用品种，是黑毛和种、褐毛和种、日本短角种、无角和种以及它们之间杂交品种的总称，它并不是纯种的日本牛。肉质富于弹性而柔软，纹理细致，没有多余的水分，手感润滑；生鲜亮泽的红色瘦肉上有像下霜一般的白色脂肪纹理，被称为"霜降"；入口之后仿佛要在舌尖上融化一般。第二位是意大利奎宁牛。翁布里亚大面积的山地、丘陵牧草丰厚鲜美，是良好的牧场，呈浅咖啡色的奎宁牛就在这里诞生，4个月后它才变得通体雪白。奎宁牛是目前世界上最大的肉牛品种，母牛平均体重为500到700公斤，公牛为800到1300公斤，脂肪的厚度决定了奎宁牛肉质紧实醇香，独有风味。第三位就是法国的夏洛来牛，夏南牛就有它1/3的血统。夏洛来牛在法国东北部生长，那里是古老的葡萄酒产区，传说夏洛来肉质里的葡萄香，就源于它的饲料与成片的葡萄园在一起，是西餐桌上的顶级极品。澳大利亚的谷饲安格斯牛排名第四，由于这种牛耐粗饲，肉质肥厚，耐高温烧烤，也是罗宋汤的最佳食材。

喝汝河水，吃盘古山青草，经过 21 年交叉培育出的夏南牛，肉质能否达到国际标准，端上高档酒店餐桌，严格的屠宰实验将做出定论。

2016 年 5 月，中国农业科学院、山东农业大学、江西农业大学、西北农林科技大学、河南省农业科学院、河南省肉牛产业技术体系等 6 家科研单位的 21 名研究员、教授、副教授、畜牧专家云集泌阳县，对 30 头泌阳县夏南牛科技开发有限公司经过 24 个月科学饲养的夏南牛进行屠宰实验，排酸后分割肉质分析研究。

其实 3 年以前，老祁就带领泌阳县夏南牛科技开发有限公司的畜牧专家、畜牧工作者选育了 30 头纯种夏南牛公牛，作为高档牛肉实验用牛，经过 24 个月的饲养管理，这 30 头阉割夏南牛平均体重达 750 公斤，达到了饲养实验目的，实现了预期饲养目标。2016 年 5 月 31 日，就在恒都食品有限公司屠宰车间，对这 30 头夏南牛进行了屠宰实验。分割现场，一块块牛排粉红色的肉层上，洁白的脂肪分布均匀，犹如雪花飘洒，牛腱肉结实厚重，筋腱清晰可见，专家们对外观啧啧称赞。接下来经过 14 天的排酸，专家学者们从血液、肝、肺、胃及各部位肉进行了取样，带走进行实验室分析。中国农科院北京畜牧兽医研究所将从夏南牛活体分级标准、屠宰牛宰前评定标准和宰后分割分级技术规范及牛肉品质检测等方面分析研究；西北农林科技大学将利用基因和分子技术研究夏南牛高档牛肉生产能力；江西农业大学将通过研究分析肉质与夏南牛饲养水平的相互关系，开展夏南牛品质研究；河南省农科院将对夏南牛宰前活体育肥测定、宰后测试，分析研究探讨提高夏南牛高档牛肉的生产技术水平，进一步探明夏南牛高档牛肉生产水平和能力、分析夏南牛牛肉内在品质的详细数据，不仅为夏南牛牛肉明确等级，还对后续研究、推广、应用提供技术支撑。

最后的结果虽在意料之中，但还是令人兴奋不已："我们对这批实验牛胴体和肉质，按照农业行业的标准 NY\T676 牛肉等级规格和美国牛肉胴体分级标准，以及我们国家肉牛牦牛产业技术体系提出的分级标准进行了评定，总体来看这批实验牛的肉质都达到了美国最优级和优选级的水平，也达到了我国 NY\T676 牛肉等级规格特级和优级水平，达到我国肉牛牦牛体系分级标准高档、中高档西餐红肉水平，夏南牛在西餐红肉开发方面，尤其是中高档红肉开发方面有着非常广阔的前景。"

中国农业科学院北京畜牧兽医研究所研究员、国家肉牛牦牛产业技术体系岗位科学家孙宝忠代表全体鉴定单位做出这样的定论。

根据联合国粮农组织的数据，2000 年世界人均年牛肉消费量为 9.53kg，2011 年世界人均年牛肉消费量为 9.4kg，人均年牛肉消费量基本保持稳定。

而我国城市居民人均年牛肉消费量是 0.68 kg，到 2012 年增加到 4.56 kg，增长了 671%，预计到 2015 年将达到人均 6.56 kg。优质的夏南牛牛肉未来有着无限广阔的消费市场，中恒集团董事长秦亚良没有一丝犹豫，当即表态：我们为什么不能在本地实现牛肉加工，把加工车间放到泌阳呢！

说到做到，集团旗下的河南恒都食品公司投资金额由当初的 2 亿元直升为 21 亿元。配合县里"一个龙头、三个中心、四个基地"的总体思路，以 15 万头牛的屠宰加工为龙头，在泌阳建设夏南牛产品研发中心、优质特色夏南牛产品生产中心和冷链物流配送中心。建成存栏量达 6 万头的夏南牛标准化育肥示范基地、夏南牛产品深加工基地、饲草饲料作物种植基地及精饲料加工配送基地。

2015 年 4 月 24 日，时任河南省委书记郭庚茂深入驻马店市调研时再次到河南恒都食品公司，特意走进该公司双庙养殖科技示范场和屠宰加工车间察看产业发展情况。当看到养殖场内肉牛规模达 2.5 万头，牛肉分割加工精细并直供到麦当劳、麦德龙等快餐企业和大型连锁超市时，郭庚茂称赞该产业大有希望、前景看好。他说，随着人们消费结构的变化，牛肉的消费量越来越大，市场前景广阔；河南有秸秆等农作物资源优势，适宜肉牛养殖；牛的饲养和牛肉的分割都很难完全机械化，在这方面我们有丰富的劳动力优势。他鼓励企业负责人要瞄准市场、资源和劳动力等优势，从优势对接上找准主攻点，以己之长吸收他人之长，实现合作共赢。

2014年4月23日，驻马店市委书记余学友到任下基层调研第一站即赴泌阳，重点察看了夏南牛科技开发有限公司、河南恒都食品公司、双庙养殖科技示范场等，勉励大家紧紧围绕主导产业发展方向，促进产业集聚，培育产业集群，拉长产业链条，努力打造百亿级产业集群，带动县域经济加快发展。

泌阳县成立了夏南牛产业化开发指挥部，设立产业规划组、技术研发组、产业发展组、龙头企业服务组和品牌创建组，把夏南牛产业化开发作为推动县域经济发展的"一号工程"，提出了"打造中国第一肉牛品牌、建设中国牛肉食品第一城"的发展目标。

县财政每年列出2000万元夏南牛产业发展基金，主要用于能繁母牛补贴、规模养殖场以奖代补、龙头企业扶持、夏南牛纯种繁育场建设及高档牛肉研发等。

县直50个单位对口帮扶100个夏南牛养殖重点村，确保每个村重点帮扶建成一个存栏200头以上的母牛规模养殖场。通过母牛规模养殖场的示范带动，辐射周围农户养殖母牛，实现养殖总量3年内翻一番……

夏南牛产业犹如集团出征，东风浩荡，步调一致。

夏南牛引来国际商机

一个大产业起步必然遵循和承担市场规律调节带来的所有机遇和风险。

泌阳与河南恒都食品公司握手之后，就发现由于之前缺乏深加工龙头企业拉动，养殖企业、农户规模上不去；恒都食品公司常常"吃不饱"，造成不敢大幅追加投资。

机遇总是为有准备者而来，"一带一路"倡议实施之际，农业部发布的《全国畜牧业发展第十二个五年规划（2011—2015年）》，夏南牛是唯一在全国推广的肉牛品种。

大战略，将豫南这片土地引领上国际轨道，拼搏奔跑。

"重视生产与市场的对接，打造品牌，进一步抢抓机遇、乘势而上，不断提高竞争力，拉长产业链条，搞好配套生产，把产业做大做强，从优势对接上找准主攻点，以己之长吸收他人之长，实现合作共赢。"时任省委书记郭庚茂在泌阳考察后，明确表态，将夏南牛发展列入中原崛起总体规划，再次"重捶"夏南牛发展"响鼓"。

"天时地利人和，夏南牛发展迎来重大的历史发展机遇。我们将倾全市之力，打造'总部在泌阳、基地在全球、产品销全球'的夏南牛'总部经济'，通过3—5年的努力，形成集种群扩繁、规模养殖、科研开发、屠宰加工、电子商务、商贸物流于一体的产值达500亿元的夏南牛全产业链，进而建成国内最大的牛肉产品'中央厨房'和商贸物流中心，把泌阳打造成为中国牛肉食品第一城。"时任驻马店市委书记余学友根据夏南牛品牌发展实际情况，提出具体目标。

以世界的眼光、世界的标准，拥抱世界，是泌阳、驻马店的必然选择。

中国现有的养牛场，是这个星球上养殖业的一部分，必须借用外力度过规模养殖的发展期。

2014 年 11 月，习近平总书记出席 G20 峰会时，中澳双方签订一份协议，澳大利亚向中国出口 100 万头活牛，价值约 10 亿澳元（8.56 亿美元），以满足不断增长的红肉需求。恒都农业集团决然拿下其中的三分之一。

至此，秦亚良提出"总部在泌阳、基地在全球、产品销全球"的"总部经济"宏大构想，迈出了第一步。世界经济一体化"买全球、卖全球"的发展模式初具雏形，充分利用、合理配置全球资源，生产出成本最低、质量最高的产品。

墨尔本—郑州—驻马店—泌阳，一头牛，就是这样关联起地球上名称不同的区域。

2016 年 4 月 26 日，历经 13 个半小时的飞行，满载 184 头澳洲活牛的 QF7591 国际航班，稳稳地降落在郑州国际机场的停机坪上。

随后，这批澳牛搭乘 13 辆专车顺利抵达"中国肉牛之乡"夏南牛诞生地——驻马店市泌阳县杨家集乡指定隔离场。

这是一次跨越时空的活牛越洋之旅，不但促成了河南省落实中澳自贸协定澳牛进口的"第一单"，而且刷新了中国包机进口澳洲肉牛数量的最高纪录。

首批 184 头澳牛跨洋入豫，标志着豫澳农畜产品"空中丝路"的成功搭建。驻马店一跃成为中澳自由贸易协定的试验地和发展地，必将进一步加快融入"一带一路"倡议步伐。

乘专机、坐专车，全程享受贴心服务……首批 184 头入豫澳牛竟如此"牛气十足"。

中共河南省委、省政府认真落实中澳自贸协定，积极搭建豫澳农畜产品"空中丝路"，为承接澳牛入豫做足功课。时任省委书记谢伏瞻多次听取汇报作出指示。时任副省长赵建才、驻马店市委书记余学友专赴澳大利亚恳谈对接，给力澳牛进口"第一单"。

与此同时，为保证澳牛健康安全入境，国家质检总局特派专家组深入澳大利亚，对即将入境的澳牛进行严格的"健康筛查"。"自 4 月 18 日起，184 头澳牛就已进入澳方隔离场。"省出入境检验检疫局局长李忠榜说，"经过 7 天的连续观测检查，这批澳牛没有出现任何问题，符合我国进口标准。"

据介绍，这批确定进口的澳牛，每 3 至 5 头分成一组，装到统一定制的木箱中。

"安静舒适的环境，可使澳牛身心放松，确保其肉质鲜美。"负责澳牛入豫承接项目的恒都集团董事长秦亚良说，"为确保这批进境澳牛旅途愉快，他们可谓想尽了各种办法，不仅特制了移动木箱，还铺上专用防水塑料，让澳牛尽可能享受到更多动物福利。"

随后，184 头经过精挑细选的澳牛，被送进澳航波音 747 货机，自墨尔本国际机场起运，飞越重洋，落地郑州航空港，运抵驻马店市泌阳县。

"澳牛来啦！"4 月 26 日下午 2 时 30 分，满载澳洲活牛的 QF7591 国际航班，平稳地降落在郑州国际机场停机坪上。机场隔离检疫区外，早已迎候在那里的人们立时活跃起来。

而在飞机抵达前 2 小时，"全副武装"的检疫人员就已开始对澳牛接卸场地进行严格消毒，以确保澳牛接卸通道和工具的绝对安全。整个飞机落地后的消毒检疫工作持续约一个半小时，待所有检疫程序完成后，方才启动舱门，安排澳牛下机。

到达泌阳指定隔离场后，这些远道而来的澳牛同样受到了"热情款待"，不但要好吃好喝照顾好它们，还会给它们按摩、听音乐，甚至是"心理疏导"等贴心服务，以缓解澳牛旅途劳顿，避免水土不服以及因旅途困顿产生肌肉僵硬等。

"引进澳牛，我们具有良好的产业发展基础。"驻马店市委副书记、市长陈星坦言，"作为此次首批入豫澳牛的承接地，驻马店具有非常突出的优势。驻马店是全省重要的人口大市、农业大市、畜牧大市，无论是肉牛存栏量还是出栏量均居全省前列。特别是历经21载艰苦科研攻关，成功培育了中国第一个具有自主知识产权的肉牛品种——夏南牛，填补了中国没有肉牛品种的空白。"

陈星介绍，为确保圆满完成这次澳牛进口工作，市里新建一条年屠宰15万头的澳牛专用生产线、一座3万吨的专用储藏冷库和隔离场，并对原有的一条屠宰生产线进行了升级改造。同时，严格疫情防控，并根据中澳双方动物福利认证相关要求，确保各方面达到福利标准。

而作为承接企业，河南恒都食品有限公司具有雄厚实力，肉牛生产加工销售综合实力居全国首位。

由此，驻马店完全具备承接澳牛进口加工的条件。

"大家很快就能吃上新鲜的澳牛肉了！"秦亚良说，"澳牛还没有起运，很多网友已迫不及待了。"为了测试消费者对澳牛的喜爱程度，他们与京东商城强强联合，已于4月15日至25日在"京东生鲜"进行线上独家预售，启动了"澳洲活牛进口＋电商预售"合作新模式，使澳牛迅速成为大家追捧的"网红"。

京东商城生鲜事业运营部总经理唐诣深表示，澳牛一经上线，就引来了"京东生鲜"巨大流量增长，真可谓"未售先红"。

与此同时，"京东生鲜"仓储物流的巨大优势，也在澳牛肉品热销中起到了积极助推作用。唐诣深介绍，京东不仅提供了从仓储、分拣、运输到终端配送的全程冷链服务，还通过各环节的优化布局，充分保障澳牛肉品的及时配送和新鲜品质。

"互联网＋"为澳牛肉品迅速走上百姓餐桌插上了翅膀。重庆恒都农业集团营销副总裁刘钦春表示，"肉牛企业＋政府＋互联网电商"的合作模式开辟了行业新思路，使得这些高档牛肉能够快速进入千家万户，走上百姓餐桌。

河南恒都食品已签订了有关投资协议，在澳大利亚收购3家牧场，从源头保证澳大利亚进口肉牛项目的可持续性。秦亚良表示，目前，进口澳牛多以安格斯、安格斯杂交、鲍斯塔斯等优质牛品种为主。今后，将陆续通过陆海空多种方式进口更多活牛和冰鲜牛肉，计划至2020年从澳大利亚进口30万头活牛、10万吨冰鲜牛肉。

"对夏南牛产业发展来说，也是一次难得的机遇！"已经担任泌阳县夏南牛科技研发中心主任的祁兴磊认为，"未来大批澳洲活牛的引进，将有效刺激夏南牛产业的快速发展，推动夏南牛产业向更高层次乃至国际化迈进"。

"夏南牛产业起步虽晚，但发展很快。"祁兴磊说。目前，除新疆、西藏以及香港、澳门、台湾外，夏南牛已遍布全国各地，深受消费者喜爱，但面对日益旺盛的市场需求，夏南牛仍然显得数量偏少，还存在加工企业"吃不饱"等问题。

"大批澳洲活体肉牛的引进正好可以弥补当前夏南牛牛源不足的尴尬，也为夏南牛产业赢得了广阔的发展空间。"祁兴磊说，"目前，泌阳县投资20亿元，正在建设占地800亩的肉牛产业园，将为澳牛进口加工提供更好的载体和平台；投资3000万元新建夏南牛原种场，也将为夏南牛产业插上腾飞的翅膀。"

在祁兴磊看来，中外两大品牌肉牛"联姻合璧"，彰显了"中国肉牛之乡"的"国际范儿"，既可以极大地丰富国民的餐桌，又将为加速驻马店牛业腾飞注入新的强劲活力。

正如时任河南省副省长赵建才所说的那样，随着豫澳农畜产品"空中丝路"的开通运行，中原崛起将指日可待，"牛上加牛"！

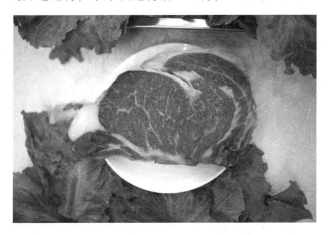

脂肪分布均匀的"雪花"牛肉

夏南牛的国际化，推进泌阳夏南牛产业园打好"三张牌"，积极开拓国内国际市场。

传统销售市场——继续加大直营店、商超的建设规模及销售力度，2015年预计完成销售额20亿元，2016年计划完成销售额30亿元，2017年计划完成销售额40亿元，2018年计划完成销售额50亿元，2020年稳定销售额50亿元。

餐饮市场——为了完成从养殖到餐桌的全产业链发展，河南恒都食品公司重点建设牛肉产品的"中央厨房"及亚洲最大的冷链物流中心，针对餐饮市场，可承接通用产品加工、特殊需求定制加工等。2016年餐饮客户可达1万家，年产值60亿元；2017年餐饮客户可达2.5万家，年产值 145 亿元；2018 年餐饮客户可达 5 万家，年产值 250 亿元；2020 年稳定餐饮客户 5 万家，年产值 250 亿元。

海外市场——利用互联网、电子商务等信息化技术将规模化生产与全球市场进行对接，经过 3 年的努力，建立活牛及牛肉综合产品的电子交易、期货交易，2019 年、2020 年全面开拓海外市场，争取在 2020 年年底达到牛肉综合产品 200 亿元出口规模。

夏南牛产业发展进入创时代和"互联网＋"时代！

"倾全市之力把夏南牛产业做大做强。"经济欠发达的泌阳、驻马店要用自己的责任和担当，通过创新驱动和产业升级，在雄浑瑰丽的"一带一路"经济带交响乐中奏响时代强音，追赶世界的速度。

驻马店市委副书记张宪中，驻马店市委常委、宣传部部长、副市长戚存杰带领驻马店市委办、市委农办、市财政局、市环保局、市农业局、市畜牧局、市科技局及相关金融部门负责同志，深入泌阳县调研夏南牛产业发展情况。

泌阳成立由县委书记任政委、县长任指挥长的泌阳县夏南牛产业集群发展指挥部，指挥部下设办公室和 6 个专业工作组。组织开展县直单位对口帮扶夏南牛养殖重点乡镇和重点村活动，县直 50 个单位对口帮扶 100 个夏南牛养殖重点村，帮扶期限 3 年，重点帮扶每个村建成 1 个存栏 200 头以上的母牛规模养殖场。

泌阳县时任县委书记高万象表示，泌阳县政府每年拿出 3000 万元夏南牛产业化开发专项资金列入财政预算；对全县存栏 5 头以上的夏南牛能繁母牛每头补贴 200 元；对龙头企业收购的夏南牛每头补贴 500元；鼓励规模养殖，凡乡镇、局委引进、扶持新建年存栏 100 头以上的夏南牛养殖企业，按工业项目对待，其固定资产投资可抵顶招商引资任务；新建存栏 1 万头以上的夏南牛养殖企业，享受县委、县政府招商引资税收优惠政策；固定资产投资达到规定的夏南牛养殖企业，享受县委、县政府招商引资优惠政策和奖励政策；固定资产投资超过 1 亿元的项目，县政府采取一事一议的办法在土地租用、基础设施建设方面给予支持。

"驻马店市委、市政府决定倾全市之力，重新调整夏南牛产业发展规划，进一步加大资金、政策扶持力度，发挥龙头企业带动作用，加快夏南牛产业园等项目的建设进度，着力推动夏南牛产业健康持续发展，打造夏南牛产业集群，推动夏南牛由'第一品种'向'第一品牌'转变。"谈及未来，时任驻马店市委副书记、市长陈星期待满满、信心满满。

再钻牛角

进入大门，必经之路是一个正方形消毒池，车轮哗哗驶过，一排排整齐的牛舍出现在眼前。牛舍按功能分类，依序排列，种公牛舍、怀孕舍、带犊牛舍、育成牛舍、产房一应俱全。

牛舍的消毒更加严格，穿过喷雾紫外线消毒区，还要换上洁白的衣帽，穿上鞋套。在种公牛舍，几十头成年种公牛肥硕健壮、怡然自得，每头都在 1100 公斤以上，"种牛王"体重超过 1300 公斤。

每头种公牛都有 60 平方米牛舍，还有休息散步的地方，自动挠痒设备，更有自动播放的音乐与优质的草料，让这些"牛界"的宠儿无忧无虑生长。

泌阳县夏南牛科技开发有限公司，是夏南牛核心技术研发基地，更是祁兴磊倾注半生心血的结晶。

"从有角夏南牛选育出无角夏南牛，是我的又一个梦想。从 2008 年开始着手，如今这些新品系牛已经凸显较大的经济效益，下一步正准备申请国家验收。"说到这个目标，老祁眼睛里放出自信的光芒，兴奋地带我们去看这个夏南牛的"新生代"。

2007 年带领团队培育出中国第一肉牛品种夏南牛通过国家验收之后，在科研创新的道路上祁兴磊并没有止步。培育无角夏南牛是他的又一个梦想。

牛拉车时，牛肩上套着一个"人"字形的牛轭，车的缰绳穿系在上面。因为长期的役使，牛肩胛骨上形成一个高大角峰，而且役用牛前部庞大、后部欠丰满。如今这种影响产肉率的劳役特征，在无角夏南牛身上完全看不到了。

在牛舍深处的围栏里，我们看到了老祁的这一"杰作"。远处，就发现这些牛体态更大，外貌都是"黄肤""大块头"。近前细看就会发现二者差别不小，无角夏南牛比有角夏南牛体长、个高，颈部平直、身躯前后一般大、背阔呈长方形，头顶两侧露出浅浅的两块骨头，证明那里有着曾经的犄角。令人称奇的是，两个犄角中间位置，有一片比通身颜色稍浅的黄白色绒毛，以头顶正中为圆心，翻卷着向四周展开，犹如绽放的菊花。

夏南牛核心母牛

"农耕时代，核心生产力是耕牛，牛角是耕地过程中牵牛管牛的基础，所以牛角在农耕时代代表着生产力。地方牛那个高高的肩峰和体型都是长期役用不断进化来的。"祁兴磊说，20 世纪 80 年代初，随着农机化程度的快速提高，农业对役用牛的需求逐渐下降，加之市场对牛肉的需求增加，改良提高牛肉的产量和品质势在必行。但令人遗憾的是，中国没有一个专用肉牛品种。经过 21 年的选育，夏南牛在泌阳诞生，从而开了中国肉牛培育的先河。

当初培养夏南牛的时候，一旦生出无角牛，老百姓就不愿意养，因为当初他们还需要兼顾役用，并称无角牛是怪胎，坚决不要。可有心的祁兴磊想的是如何拓宽思路，增加夏南牛的出肉率。为此，他把目光投向品质更加优良的无角牛。

"夏南牛无角新品系的培育，同步于夏南牛横交选育，起步于2008年。"祁兴磊详细介绍夏南牛无角新品系培育研究的过程，"近年来，随着肉牛业的集约化、规模化饲养，牛的一对大角不仅消耗营养、降低饲料转化率，还容易对动物或饲养人员造成伤害。幼年期对其去角在现代化养牛业中已经成为一种公认的先进饲养方法，但是这种方法不仅加大了养牛场的工作量，还会对肉牛造成一定程度的伤害，有违动物福利原则。因此，我们利用已有的研究成果，利用基因标记和常规育种相结合的方法，对夏南牛无角品系进行早期分子选育，加快育种进程，为中国肉牛产业可持续发展提供技术支撑。"

夏南牛无角新品系选育提高技术路线图就是从夏南牛群体选择无角夏南牛群体为基础群——进行无角基因标记分析和性能测定与评定，选定无角夏南牛公牛、无角夏南牛母牛交配，选择无角且生产性能优秀的夏南牛牛犊持续选育。

"基因标记技术的优点是省钱、省时、工作量小。从提取 DNA 到有角牛与无角牛性状的鉴定，无需测序，1 天时间即可完成，大大降低了鉴定成本和工作量。目前，这项育种技术居国内外领先水平。"祁兴磊透露。

2008 年春，祁兴磊创新团队开始组建无角夏南牛核心群，如今育种场已有无角夏南牛核心母牛 260 余头、种公牛 19 头，社会群体万头以上。

2015 年，祁兴磊光荣当选为全国先进工作者，受到习近平总书记的接见，他主动辞去泌阳县畜牧局党政职务，退出了公务员身份，专心致志进行夏南牛的深度科研。

2019 年 6 月，他的团队与江西农大合作，开始了为期 9 个月的夏南牛无角新品系饲养试验。2020 年 1 月，将对 35 头无角夏南牛进行屠宰分割实验，获取新品系各项生产指标。

"这个新品系，体长可以比原种夏南牛增加 15—20 厘米，里脊、外脊等部位可多产肉 10 公斤以上。按照高端牛肉一公斤 200 元来算，一头无角牛就能多给养牛人带来 2000 元以上的利润。另外，繁殖性能更高，死亡率更低，抗逆性显著提高，缩短了养殖时间，提高了养殖效率。"

老祁还透露了一个"秘密"：前不久，国内权威育牛专家来到夏南牛科技有限公司考察，兴奋地告诉祁兴磊，无角夏南牛研究已经取得成功，可以考虑申请验收。祁兴磊考虑得更细致和长远：从有角夏南牛，到无角夏南牛，再到全产业链发展，还有大量工作包括无角夏南牛集成技术要完成。

"还是放在原定节点 2021 年好。我是 1961 年出生，属牛，2021 年正好 60 岁退休，也算是一生对夏南牛研究征程的一个纪念吧。"

祁兴磊还说，在无角夏南牛通过国家验收后，他要再干 20 年，进一步提升夏南牛母牛的一胎双犊率和夏南牛产业水平与效益。

"我求教过国内权威育牛专家，他们肯定地说，母牛的一胎双犊率理论上是完全可以实现的，到时候会加快培育新品系牛的进程。每次想到这儿我做梦都会开心地笑起来。夏南牛育成走了弯路，用了 21 年，无角夏南牛育成也要 10 多年。目前国内存栏夏南牛 100 万头以上，我的目标是达到 400 万头，只有这样，才能真正让夏南牛成为中国牛。"

祁兴磊专注坚定的眼神，让人想起 1979 年的那位少年，那年祁兴磊被信阳农业高等专科学校录取，毕业后谢绝留校任教的机会，毅然回到了家乡，在县畜牧兽医工作站当上一名专业技术干部，距今已经 42 年。如今，由祁兴磊主编的《夏南牛饲养管理实用技术》在西北农林科技大学出版社出版，并作为中等职业教育"十三五"规划创新教材，已经进入大中专学校。

祁兴磊主持编写的养牛技术资料

当年以老师言传身教为人生定位的学子，今日为万千学子之师；

当年默默走出的理想之路，如今成为世人追随的楷模。

然而，在豫西南，那块叫驻马店、叫泌阳县的土地上，祁兴磊还是一身朴素衣着，出入牛舍里、农家内，即使在科研所、办公室，大家还是一口一个"老祁"称呼，属牛的祁兴磊，牛年更显牛性，沉稳笃定，低头向前。

后　记

　　这本书稿送给出版社时，郑州大暑未去立秋将至，我所在的这个城市刚刚遭遇了双重磨难——突如其来的罕见暴雨带走了数百个生命，生活尚未恢复正常，与全人类为敌的那个病毒，毫无声息地潜入惊魂未定的都市人群……

　　生死乃人生规律，特别在当下和平年代里，已经习惯那有备而来的分离和告别，2021 年夏末那些生命的消失，却让我明白有一种无法承受叫猝不及防。想想吧，只是一念之差，那个 14 岁的妞妞在那个时刻走进了地铁，让每天按时接她的父亲，成了蹲在地铁出口提着一袋食品的雕塑；那个习惯性推开厨房门呼唤妻子的丈夫，回应他的是永远留在手机里的声音……那些被无法感知的叫新冠病毒感染的人，是一个晚上再多打一份工供养老娘幼儿的父亲，是一个擦去汗水夜半抢到最后一单外卖的快递小哥……

　　就在同一个城市里，他们用生命告诉我，向死而生不是哲学，而是一种生活方式，这种生活叫珍惜当下。

　　不应该珍惜吗？驻马店市委宣传部分管文化工作的孙书杰部长，专程从豫南赶到郑州，让我知道他身处的那片土地上，有这样一个故事、这样一个人。他把记录人类动物养殖史上一项最重大发现的任务交给我，他是这本书的发起人。

不应该珍惜吗？驻马店日报社记者郭建光，毫无保留将之前他积累的有关文字交给我，轻车熟路引导我走进主人公的天地。写作过程中，无论是我从省会还是天涯海角提出的问题，他都会以最快的速度回答我，许多时候，他为此不分阴晴冷暖赶往乡间、农舍。

不应该珍惜吗？当这份书稿被我手指轻点，从手机上发给蔡瑛副总编后，仅仅数日，返给我的是一本沉甸甸的印刷稿。翻开来，每一页的字里行间，布满了编辑纠正过来的错别字、表述不清或者需要进一步核实地方的标记，甚至还标出了用错的标点符号。那一字一句，一个一个修改符号全部用红笔手写，像一朵朵小红花，装点着刻板的印刷体黑字，让我在第二次校对时，感受着一份温暖和专注。

不应该珍惜吗？当我不止一次踏上那片叫驻马店泌阳县的土地，从养牛农户到地市官员用热情回应我的各种提问时，除了明白，我还收获了一份责任。

当然，最难忘的是主人公的信任协助。他在无数个平凡日子里创造的伟大，这些文字无法表达，我只能说，采访写作的过程，是拓宽我对人生认知的过程。

是的，我们在这个特定的时空里，为同一件事情相遇，让一本叫作书的记录诞生，充满了偶然和必然。可以想见，会有一个正式的首发式举办，去彰显去传播我们当下身处的这方土地，有着怎样的发展热度、速度和将来。也许，在某个校园里，当年和主人公一样对未来充满憧憬的年轻学子，轻轻合拢起这本书的最后一页时，会作出决定人生走向的选择；也许，在同样或不同领域从事科研的人们，会惊叹这本书里，记录了可能再也不会出现的最原始的实验方法，他们会带着对前人的崇敬，一步步走上科学的顶峰……

我们期待文字的翅膀飞得更远，我们期待它飞过之处有更大的声响，但此时此刻，我内心充盈、平静如水——珍惜已有的收获，未来就在那里。

刘先琴

辛丑立秋于郑州